Publicado originalmente em 1953

AGATHA CHRISTIE

UMA PORÇÃO DE CENTEIO

· TRADUÇÃO DE ·
Samir Machado de Machado

Rio de Janeiro, 2024

Título original: A Pocket Full of Rye
Copyright © 1953 Agatha Christie Limited. All rights reserved.
Copyright de tradução © 2021 por Harper*Collins* Brasil

AGATHA CHRISTIE, MARPLE and the AC Monogram Logo are registered trademarks of Agatha Christie Limited in the UK and elsewhere. All rights reserved.

Todos os direitos desta publicação são reservados à Casa dos Livros Editora LTDA. Nenhuma parte desta obra pode ser apropriada e estocada em sistema de banco de dados ou processo similar, em qualquer forma ou ameio, seja eletrônico, de fotocópia, gravação etc., sem a permissão do detentor do copyright.

Diretora editorial: *Raquel Cozer*

Gerente editorial: *Alice Mello*

Editor: *Ulisses Teixeira*

Copidesque: *Paula Di Carvalho*

Preparação de original: *Thaís Carvas*

Revisão: *Marcela Ramos*

Design gráfico de capa e miolo: *Túlio Cerquize*

Produção de imagens: *Buendía Filmes*

Produção de Objetos: *Fernanda Teixeira e Yves Moura*

Fotografia: *Vinicius Brum*

Diagramação: *Abreu's System*

Dados Internacionais de Catalogação na Publicação (CIP)
(Câmara Brasileira do Livro, SP, Brasil)

Christie, Agatha, 1890-1976
  Uma porção de centeio / Agatha Christie ; tradução Samir Machado de Machado. – 1. ed. – Rio de Janeiro, RJ : HarperCollins Brasil, 2021.

  Título original: A pocketf full of rye
  ISBN 978-65-5511-108-8

  1. Ficção de suspense 2. Ficção inglesa I. Título.

21-54390   CDD-823

Índices para catálogo sistemático:
1. Ficção de suspense : Literatura inglesa   823
Maria Alice Ferreira – Bibliotecária – CRB-8/7964

Os pontos de vista desta obra são de responsabilidade de seu autor, não refletindo necessariamente a posição da HarperCollins Brasil, da HarperCollins Publishers ou de sua equipe editorial.

HarperCollins Brasil é uma marca licenciada à Casa dos Livros Editora LTDA.
Todos os direitos reservados à Casa dos Livros Editora LTDA.
Rua da Quitanda, 86, sala 601A — Centro
Rio de Janeiro, RJ — CEP 20091-005
Tel.: (21) 3175-1030
www.harpercollins.com.br

Para Bruce Ingram
que apreciou e publicou meus primeiros contos

Capítulo 1

Era a vez de Miss Somers fazer o chá. Miss Somers era a mais nova e ineficiente das datilógrafas. Já não era mais uma jovem e tinha um rosto ligeiramente preocupado, como o de uma ovelha. A água da chaleira ainda não estava fervendo quando Miss Somers a despejou no chá, mas a coitada nunca tinha certeza de quando uma chaleira *estava* fervendo. Era uma das muitas preocupações que a afligiam na vida.

Ela serviu o chá e distribuiu as xícaras com dois biscoitos doces e moles em cada pires.

Miss Griffith, a eficiente datilógrafa-chefe de cabelos grisalhos que trabalhava na Consolidated Investment Trust havia dezesseis anos, disse rispidamente:

— A água não estava fervida *outra vez*, Somers!

O rosto submisso e preocupado de Miss Somers enrubesceu.

— Ai, Jesus, achei *mesmo* que desta vez já tivesse fervido — respondeu ela.

Miss Griffith pensou: "Ela dura mais um mês, talvez, só enquanto estamos tão sobrecarregadas... mas francamente! A confusão que essa abobada fez com aquela carta para a Eastern Developments, um trabalho perfeitamente simples, e sempre tão burrinha na hora de fazer o chá. Se não fosse tão difícil conseguir datilógrafas inteligentes... Para completar, a tampa da lata de biscoitos não foi bem fechada da última vez. *Francamente*...". Como em muitas das indignadas conversas interiores de Miss Griffith, a frase ficou inacabada.

Naquele momento, Miss Grosvenor entrou com passos suaves para fazer o sagrado chá de Mr. Fortescue. Mr. Fortescue tomava um chá diferente, em uma xícara diferente e com biscoitos especiais. Apenas a chaleira e a água de torneira do vestiário eram as mesmas. Sendo o chá para Mr. Fortescue, a água ferveu. Miss Grosvenor se certificou disso.

Miss Grosvenor era uma loira incrivelmente glamourosa. Usava um terninho preto caro e bem-ajustado e cobria as pernas bem torneadas com as melhores e mais caras meias de nylon do mercado clandestino.

Ela desfilou de volta pela sala dos datilógrafos sem se dignar a dirigir uma palavra ou olhar para ninguém. Era como se os datilógrafos fossem apenas um punhado de insetos. Miss Grosvenor era a secretária particular especial de Mr. Fortescue; boatos indelicados sempre insinuavam que ela fosse algo mais, apesar de isso não ser verdade. Mr. Fortescue havia se casado recentemente com uma segunda esposa, tão glamourosa quanto cara, e plenamente capaz de exigir toda a sua atenção. Para Mr. Fortescue, Miss Grosvenor era somente um elemento necessário na decoração do escritório — onde tudo era muito luxuoso e muito caro.

Miss Grosvenor voltou com a bandeja estendida à frente feito uma oferenda. Passou pelo gabinete interno e pela sala de espera, onde os clientes mais importantes podiam se sentar, depois por sua própria antessala até finalmente, com uma leve batida na porta, adentrar o santuário sagrado, o escritório de Mr. Fortescue.

Era uma sala grande com um extenso e reluzente piso de parquete, pontuado por caros tapetes orientais. Tinha paredes delicadamente revestidas de madeira clara e algumas poltronas enormes, estofadas com couro caramelo. Atrás de uma colossal mesa de figueira, centro e foco da sala, encontrava-se o próprio Mr. Fortescue.

Mr. Fortescue era menos impressionante do que deveria ser para combinar com a sala, mas fazia o possível. Era um homem grande e flácido, com uma careca reluzente. Gostava de usar roupas de tweed frouxas e campestres em seu escritório. Franzia o cenho para alguns papéis em sua mesa quando Miss Grosvenor deslizou à sua frente com seus modos de cisne. Colocando a bandeja ao lado do cotovelo do homem, ela murmurou em uma voz baixa e impessoal:

— Seu chá, Mr. Fortescue. — E se retirou.

A contribuição de Mr. Fortescue para este ritual era um grunhido.

De volta à própria mesa, Miss Grosvenor deu continuidade às suas tarefas. Fez dois telefonemas, corrigiu algumas cartas que estavam ali, datilografadas, prontas para serem assinadas por Mr. Fortescue, e atendeu a uma chamada.

— Receio que agora seja impossível — disse ela num tom arrogante. — Mr. Fortescue está em reunião.

Ao devolver o fone ao gancho, ela olhou para o relógio. Eram 11h10.

Foi então que um barulho incomum atravessou a porta quase à prova de som do escritório de Mr. Fortescue. Ainda que abafado, um grito agonizante e estrangulado foi totalmente identificável. No mesmo instante, a campainha da mesa de Miss Grosvenor começou a tocar em ritmo frenético. Paralisada momentaneamente pelo susto, ela levantou-se com hesitação. Confrontada pelo inesperado, sua compostura fora abalada. No entanto, moveu-se em direção à porta de Mr. Fortescue com seu estilo elegante de costume, bateu e entrou.

O que viu perturbou-a ainda mais. Atrás da mesa, seu patrão parecia contorcer-se de agonia. Seus movimentos convulsivos eram alarmantes.

— Ai, meu Deus, Mr. Fortescue, o senhor está bem? — disse ela, e imediatamente deu-se conta da idiotice da pergunta. Não havia dúvida de que Mr. Fortescue estava passando muito mal. Mesmo enquanto ela se aproximava, o corpo do homem se convulsionou em um doloroso movimento espasmódico.

As palavras saíram em arquejos bruscos.

— Chá... que diabos... você colocou no chá... chame ajuda... rápido, chame um médico...

Miss Grosvenor saiu correndo da sala. Não era mais a secretária loira arrogante; era uma mulher completamente apavorada que perdera a cabeça.

Ela entrou correndo na sala das datilógrafas, gritando:

— Mr. Fortescue está tendo um ataque... ele está morrendo... temos que chamar um médico... ele parece péssimo... tenho certeza de que está morrendo.

As reações foram imediatas e muito variadas.

— Se for epilepsia, temos que colocar uma rolha em sua boca — afirmou Miss Bell, a mais jovem. — Quem tem uma rolha?

Ninguém tinha.

— Na idade dele, provavelmente é apoplexia — sugeriu Miss Somers.

— Precisamos de um médico... *para já* — declarou Miss Griffith.

Mas sua eficiência habitual foi afetada, porque, em todos os seus dezesseis anos de serviço, nunca foi necessário chamar um médico para o escritório. Ela tinha seu próprio médico, mas ele ficava em Streatham Hill. Onde haveria um médico por perto?

Ninguém sabia. Miss Bell pegou uma lista telefônica e começou a pesquisar médicos na letra M. Mas não era uma lista classificada, e médicos não eram automaticamente listados feito pontos de taxi. Alguém sugeriu um hospital... mas qual?

— Tem que ser o hospital certo — insistiu Miss Somers — ou então eles não virão. Digo, por causa do Serviço Nacional de Saúde. Tem que ficar nesta área.

Alguém sugeriu o número de emergência, mas Miss Griffith ficou chocada e disse que isso significaria chamar a polícia, o que não serviria. Para cidadãs de um país que gozava dos benefícios de um sistema de saúde público, o grupo de mulheres razoavelmente inteligentes demonstrava uma incrível ignorância do procedimento correto. Miss Bell começou a procurar ambulâncias na letra A. Miss Griffith disse:

— Há o próprio médico dele... ele deve ter um médico.

Alguém correu para a agenda de endereços pessoal. Miss Griffith instruiu o contínuo a sair e procurar um médico — de algum jeito, *em algum lugar*. Na agenda pessoal, Miss Griffith encontrou Sir Edwin Sandeman com um endereço na Harley Street. Miss Grosvenor desabou em uma cadeira e choramingou com uma voz visivelmente menos "Mayfair" que o habitual:

— Fiz o chá como sempre, juro que fiz, não podia ter nada de errado nele.

— Algo de *errado*? — Miss Griffith fez uma pausa, com a mão no botão do telefone. — Por que diz isso?

— *Ele* disse isso... Mr. Fortescue... ele disse que era o chá...

A mão de Miss Griffith pairava indecisa entre o número do hospital Welbeck e o da emergência. Miss Bell, jovem e esperançosa, disse:

— Devíamos dar a ele um pouco de mostarda e água... *agora*. Não há mostarda no escritório?

Não havia mostarda no escritório.

Pouco tempo depois, após duas ambulâncias diferentes pararem em frente ao prédio, o Dr. Isaacs de Bethnal Green e Sir Edwin Sandeman se encontraram no elevador. O telefone e o contínuo haviam feito seu trabalho.

Capítulo 2

O Inspetor Neele estava sentado no santuário de Mr. Fortescue, atrás da grande mesa de figueira. Um de seus subordinados acomodou-se discretamente contra a parede perto da porta com um caderno.

O Inspetor Neele tinha uma elegante aparência militar, com cabelos castanhos crespos crescendo em uma testa bastante baixa. Quando pronunciava a frase "apenas um procedimento de rotina", aqueles a quem se dirigia costumavam pensar, com maldade: "E rotina é tudo de que *você* entende!" Mas estavam bastante errados. Por trás de sua aparência pouco imaginativa, o Inspetor Neele era dono de grande imaginação, e um de seus métodos de investigação era propor a si mesmo fantásticas teorias de culpa e aplicá-las às pessoas que estivesse interrogando na ocasião.

Miss Griffith, que seus olhos infalíveis identificaram de imediato como a pessoa mais adequada para lhe fornecer um relato sucinto dos acontecimentos que o levaram a sentar-se onde estava, acabara de sair da sala, deixando-lhe com um admirável resumo dos acontecimentos da manhã. O inspetor propôs a si mesmo três razões distintas e altamente elaboradas para a fiel decana da sala dos datilógrafos ter envenenado a xícara de chá matinal de seu empregador, rejeitando-as em seguida como improváveis.

Ele classificou Miss Griffith como *(a)* não fazendo o tipo de uma envenenadora, *(b)* não estando apaixonada por seu empregador, *(c)* não tendo nenhuma instabilidade mental evidente, *(d)* não sendo uma mulher que nutrisse rancor. Isso realmente parecia eliminar Miss Griffith da investigação, exceto como fonte de informações precisas.

O Inspetor Neele relanceou para o telefone. Esperava uma ligação do St. Jude's Hospital a qualquer momento.

Era possível, claro, que a súbita enfermidade de Mr. Fortescue se devesse a causas naturais, mas nem o Dr. Isaacs de Bethnal Green nem Sir Edwin Sandeman, da Harley Street, pensavam assim.

O Inspetor Neele apertou uma campainha convenientemente situada à sua mão esquerda e mandou que a secretária pessoal de Mr. Fortescue entrasse.

Miss Grosvenor tinha recuperado um pouco da pose, mas não muito. Ela entrou com apreensão, sem aquele gracioso andar de cisne, e disse imediatamente, na defensiva:

— Não fui eu!

— Não? — murmurou o inspetor casualmente.

Ele apontou a cadeira que Miss Grosvenor costumava ocupar, com um bloco em mãos, quando era convocada para redigir as cartas de Mr. Fortescue. Ela se sentou, agora com relutância, e olhou para o Inspetor Neele, alarmada. O homem, cheio de pensamentos imaginativos sobre os temas "Sedução? Chantagem? Loira platinada no tribunal?", tinha uma expressão tranquila e levemente tola.

— Não havia nada de errado no chá — afirmou Miss Grosvenor. — Não podia ter.

— *Entendo* — respondeu o Inspetor Neele. — Seu nome e endereço, por favor?

— Grosvenor. Irene Grosvenor.

— Como se soletra?

— Ah, como a praça Grosvenor.

— E seu endereço?

— Rushmoor Road, 14, em Muswell Hill.

O Inspetor Neele assentiu com satisfação.

"Nada de sedução", pensou. "Nada de caso com a secretária. Mora em uma casa respeitável com os pais. Nada de chantagem." Outro bom conjunto de teorias especulativas rejeitado.

— Então, foi você quem fez o chá? — perguntou em tom agradável.

— Bem, eu precisava fazer. Digo, eu sempre faço.

Sem pressa, o Inspetor Neele repassou em detalhes o ritual matinal do chá de Mr. Fortescue. A xícara, o pires e o bule já haviam sido embalados e despachados para o local apropriado para análise. Agora o inspetor descobria que ninguém além de Irene Grosvenor manuseara a xícara, o pires e o bule. A chaleira fora usada para fazer o chá do escritório e reabastecida na torneira do vestiário por Miss Grosvenor.

— E o chá em si?

— Era o chá pessoal de Mr. Fortescue, um chá especial da China. Fica guardado na prateleira da minha sala, aqui ao lado.

Inspetor Neele assentiu. Perguntou sobre açúcar e descobriu que Mr. Fortescue não colocava açúcar no chá.

O telefone tocou. O Inspetor Neele atendeu. Seu rosto mudou um pouco.

— St. Jude's?

Ele acenou com a cabeça para Miss Grosvenor, dispensando-a.

— Isso é tudo por enquanto, obrigado, Miss Grosvenor.

Ela saiu apressada da sala.

O Inspetor Neele ouviu atentamente o relatório frio e apático do St. Jude's Hospital. Enquanto a voz falava, ele desenhou alguns símbolos enigmáticos com um lápis no canto do mata-borrão à sua frente.

— Morreu há cinco minutos, é isso? — perguntou ele, olhando para o relógio em seu pulso. Escreveu no mata-borrão: *12h43*.

A voz sem emoção disse que o próprio Dr. Bernsdorff gostaria de falar com o Inspetor Neele.

— Certo. Coloque-o na linha — pediu o inspetor, escandalizando o dono da voz, que deixara certo grau de reverência transparecer no tom protocolar.

Houve então vários cliques, zumbidos e murmúrios fantasmagóricos distantes. O Inspetor Neele esperou pacientemente. Então, sem aviso, um rugido grave fez com que ele afastasse o receptor alguns centímetros da orelha.

— Olá, Neele, seu velho abutre. Às voltas com seus cadáveres de novo?

O Inspetor Neele e o professor Bernsdorff, do St. Jude's, haviam trabalhado juntos em um caso de envenenamento pouco mais de um ano atrás e mantiveram relações amigáveis desde então.

— Ouvi que nosso homem está morto, doutor.

— Sim. Não pudemos fazer nada quando ele chegou aqui.

— E a causa da morte?

— É preciso fazer uma autópsia, naturalmente. Caso muito interessante. Muito interessante mesmo. Ainda bem que pude participar.

O entusiasmo profissional na voz retumbante de Bernsdorff deu pelo menos uma dica ao Inspetor Neele.

— Suponho que não ache que foi morte natural — falou secamente.

— Menor chance — respondeu o Dr. Bernsdorff com firmeza. — Estou falando extraoficialmente, é claro — acrescentou com cautela tardia.

— Claro. Claro. Isso fica entendido. Ele foi envenenado?

— Definitivamente. E mais... isso não é oficial, você entende, só entre mim e você... eu poderia apostar que sei qual veneno foi usado.

— É mesmo?

— Taxina, meu garoto. Taxina.

— Taxina? Nunca ouvi falar.

— Eu sei. *Muito* incomum. Maravilhosamente incomum mesmo! Não posso dizer que descobriria sozinho se não tivesse ocorrido um caso há apenas três ou quatro semanas. Duas crianças, brincando de chá de bonecas, arrancaram frutas de um teixo e as usaram no chá.

— É isso? Frutinhas de teixo?

— Frutas ou folhas. Altamente venenoso. A taxina, claro, é o alcaloide. Acho que nunca ouvi falar de um caso em que fosse usada deliberadamente. Realmente, *muito* interessante e incomum... Você não faz ideia, Neele, de como a pessoa fica cansada dos herbicidas de sempre. Taxina é um verdadeiro deleite. Claro que *posso* estar errado, não se baseie totalmente em minhas palavras, pelo amor de Deus, mas acho que não estou. É interessante para você também, imagino. Varia a rotina!

— Muita diversão para todos, é essa a ideia? Com exceção da vítima.

— Sim, sim, pobre sujeito — O tom do Dr. Bernsdorff foi superficial. — Muito azar da parte dele.

— Ele disse alguma coisa antes de morrer?

— Bem, um dos seus colegas estava sentado ao lado dele com um caderno. Ele terá os exatos detalhes. Murmurou algo uma vez sobre um chá, sobre terem colocado alguma coisa em seu chá no escritório, mas isso é absurdo, claro.

— Por quê? — perguntou em tom ríspido o Inspetor Neele, que vinha tentando imaginar a glamourosa Miss Grosvenor adicionando teixo a uma infusão de chá e achando a cena incongruente.

— Porque não poderia ter funcionado tão rápido. Pelo que entendi, os sintomas começaram assim que ele bebeu o chá?

— É o que dizem.

— Bem, existem pouquíssimos venenos que agem tão depressa assim, além dos cianuretos, é claro, e possivelmente da nicotina pura...

— E definitivamente não era cianureto ou nicotina?

— Meu querido amigo. Ele estaria morto antes da chegada da ambulância. Ah não, não há dúvida quanto a isso. Eu *cheguei* a suspeitar de estricnina, mas as convulsões não foram nada típicas. Ainda não é oficial, claro, mas vou apostar minha reputação na taxina.

— Quanto tempo isso levaria para fazer efeito?

— Depende. Uma hora. Duas horas, três horas. O falecido parecia comer bem. Se tivesse tomado um café da manhã farto, isso atrasaria as coisas.

— Café da manhã — repetiu o Inspetor Neele, pensativo.

— Sim, pode ter sido o café da manhã.

— Café da manhã com os Bórgia. — Dr. Bernsdorff riu alegremente. — Bem, boa caça, meu rapaz.

— Obrigado, doutor. Eu gostaria de falar com meu sargento antes de você desligar.

Mais uma vez, houve cliques, zumbidos e vozes fantasmagóricas distantes. Então um som de respiração pesada, um prelúdio inevitável para uma conversa com o Sargento Hay.

— Senhor — falou ele com urgência. — *Senhor*.

— Neele aqui. O falecido disse algo que eu deva saber?

— Disse que foi o chá. O chá que tomou no escritório. Mas o médico diz que não...

— Sim, já estou a par da situação. Mais nada?

— Não, senhor. Mas há uma coisa estranha. O terno que ele vestia... Verifiquei o conteúdo dos bolsos. Havia as coisas habituais: lenço, chaves, moedas, carteira. Mas também me deparei com um item totalmente peculiar. No bolso direito do paletó. Cereal.

— Cereal?

— Sim, senhor.

— O que quer dizer com cereal? Você quer dizer um cereal matinal, como Farmer's Glory ou Wheatifax? Ou se refere a milho ou cevada...

— Isso mesmo, senhor. Eram grãos. Parecia centeio para mim. Uma porção.

— Entendo... estranho... Mas pode ter sido uma amostra, algo a ver com algum negócio.

— Com certeza, senhor, mas achei melhor mencionar.

— Fez bem, Hay.

O Inspetor Neele ficou olhando para a frente por alguns instantes depois de devolver o fone ao gancho. Sua mente sistemática passava da Fase I para a Fase II da investigação — da suspeita de envenenamento para a certeza de envenenamento. As palavras do professor Bernsdorff podiam não ter sido oficiais, mas o Professor Bernsdorff não era homem de se enganar em suas crenças. Rex Fortescue sofreu um envenenamento, e o veneno provavelmente foi administrado de uma a três horas antes do início dos primeiros sintomas. Parecia provável, portanto, que pudesse liberar o pessoal do escritório.

Neele se levantou e foi para a antessala. Um pouco de trabalho irregular estava sendo feito, mas as máquinas de escrever não operavam a toda velocidade.

— Miss Griffith? Posso ter mais uma palavra com você?

— Certamente, Mr. Neele. Será que algumas das meninas poderiam sair para almoçar? Já passou muito do horário delas. Ou o senhor prefere que peçamos algo para entregar?

— Não. Elas podem ir almoçar. Mas devem retornar depois.

— Claro.

Miss Griffith seguiu Neele de volta ao escritório privado. Ela se sentou com sua postura eficiente.

Sem preâmbulos, o inspetor disse:

— Tive notícias do St. Jude's Hospital. Mr. Fortescue morreu às 12h43.

Miss Griffith recebeu a notícia sem surpresa, apenas balançou a cabeça.

— Eu temia que ele estivesse muito doente — comentou ela.

Ela não estava, Neele notou, nem um pouco perturbada.

— A senhorita poderia me passar detalhes sobre a casa e a família dele?

— Certamente. Já tentei entrar em contato com Mrs. Fortescue, mas parece que ela saiu para jogar golfe. Não a esperavam para almoçar em casa. Não se sabe ao certo o cam-

18 · AGATHA CHRISTIE ·

po ao qual ela foi. — E acrescentou de maneira explicativa: — Eles moram em Baydon Heath, sabe, que fica no meio de três conhecidos campos de golfe.

O Inspetor Neele assentiu. Baydon Heath era quase totalmente habitado por ricos da cidade. Tinha um excelente serviço de trem, ficava a apenas trinta quilômetros de Londres e era relativamente fácil de chegar de carro, mesmo no trânsito da manhã e da noite.

— O endereço exato, por favor, e o número do telefone?

— Baydon Heath, 3.400. O nome da casa é Chalé dos Teixos.

— Quê? — A pergunta súbita escapou antes que o Inspetor Neele pudesse contê-la. — Você disse Chalé dos *Teixos*?

— Sim.

Miss Griffith pareceu um pouco curiosa, mas o inspetor se controlou novamente.

— Pode me dar detalhes da família?

— Mrs. Fortescue é sua segunda esposa. Ela é muito mais jovem do que ele. Eles se casaram há cerca de dois anos. A primeira Mrs. Fortescue já morreu há muito tempo. Ele tem dois filhos e uma filha do primeiro casamento. A filha mora em casa e o filho mais velho, que é sócio da empresa, também. Infelizmente hoje ele está no norte da Inglaterra a negócios. Deve voltar amanhã.

— Quando ele viajou?

— Antes de ontem.

— A senhorita tentou entrar em contato com ele?

— Sim. Depois que Mr. Fortescue foi levado ao hospital, telefonei para o Midland Hotel em Manchester, onde achei que ele pudesse estar hospedado, mas ele havia saído cedo esta manhã. Acredito que também fosse para Sheffield e Leicester, mas não tenho certeza. Posso dar-lhe os nomes de algumas firmas que ele pode estar indo visitar nessas cidades.

Certamente uma mulher eficiente, pensou o inspetor, e se ela assassinasse um homem, provavelmente o faria com muita eficiência também. Mas ele se forçou a abandonar essas especulações e se concentrar mais uma vez na frente doméstica de Fortescue.

— A senhorita disse que há um segundo filho?

— Sim. Mas devido a um desentendimento com o pai, ele mora no exterior.

— Ambos os filhos são casados?

— Sim. Mr. Percival está casado há três anos. Ele e a esposa ocupam um apartamento independente no Chalé dos Teixos, embora muito em breve pretendam se mudar para sua própria casa em Baydon Heath.

— A senhorita não conseguiu entrar em contato com Mrs. Percival Fortescue quando ligou esta manhã?

— Ela foi passar o dia em Londres. — Miss Griffith continuou: — Mr. Lancelot se casou há menos de um ano. Com a viúva de Lorde Frederick Anstice. Imagino que já tenha visto fotos dela. Na revista *Tatler*, com cavalos, sabe. Nas corridas com obstáculos.

Miss Griffith parecia um pouco sem fôlego e suas bochechas estavam levemente coradas. Neele, que era rápido em captar os humores dos seres humanos, percebeu que esse casamento havia empolgado o lado esnobe e romântico de Miss Griffith. A aristocracia era a aristocracia para Miss Griffith, e o fato de o falecido lorde Frederick Anstice ter carregado uma reputação um tanto desagradável nos círculos esportivos quase certamente não era de seu conhecimento. Freddie Anstice tinha estourado os miolos pouco antes de uma investigação dos fiscais sobre a corrida de um de seus cavalos. Neele se lembrava vagamente de sua esposa. Era filha de nobres irlandeses e fora casada com um aviador que morrera na Batalha da Grã-Bretanha.

E agora, ao que parecia, ela era casada com a ovelha negra da família Fortescue, pois Neele presumia que a desavença com o pai, mencionada por Miss Griffith, se dera em função de algum incidente vergonhoso na carreira do jovem Lancelot Fortescue.

Lancelot Fortescue! Que nome! E qual era o outro filho... Percival? Ele se perguntou como seria a primeira Mrs. Fortescue. Ela tinha um gosto curioso para nomes de batismo...

Ele puxou o telefone e chamou o interurbano. Pediu por Baydon Heath, 3.400.

Em pouco tempo, a voz de um homem atendeu:

— Baydon Heath, 3.400.

— Quero falar com Mrs. Fortescue ou Miss Fortescue.

— Desculpe. Elas não estão em casa, nenhuma das duas.

A voz lhe pareceu ligeiramente alcoolizada.

— Você é o mordomo?

— Isso mesmo.

— Mr. Fortescue adoeceu gravemente.

— Eu sei. Já ligaram e disseram isso. Mas não há nada que eu possa fazer a respeito. Mr. Val está no Norte e Mrs. Fortescue foi jogar golfe. Mrs. Val foi a Londres, mas voltará para jantar, e Miss Elaine saiu com suas bandeirantes.

— Não tem ninguém em casa com quem eu possa falar sobre a doença de Mr. Fortescue? É importante.

— Bem, não sei. — O homem pareceu hesitante. — Tem Miss Ramsbottom, mas ela nunca fala ao telefone. Ou então Miss Dove; ela é o que o senhor poderia chamar de "governanta".

— Falarei com Miss Dove, por favor.

— Vou tentar encontrá-la.

Seus passos em retirada foram audíveis pelo telefone. O Inspetor Neele não ouviu passos se aproximando, mas um ou dois minutos depois, uma voz de mulher atendeu.

— Aqui é Miss Dove.

A voz era baixa e composta, com enunciação nítida. O Inspetor Neele formou uma imagem favorável de Miss Dove.

— Lamento ter de lhe dizer, Miss Dove, que Mr. Fortescue faleceu no St. Jude's Hospital há pouco. Ele adoeceu repentinamente em seu escritório. Estou ansioso para entrar em contato com seus parentes...

— Claro. Eu não fazia ideia... — Ela hesitou. Sua voz não estava agitada, mas chocada. Continuou: — É muito lamentável. Quem o senhor realmente deseja contactar é Mr. Percival Fortescue. Ele será o único apto a providenciar todos os arranjos necessários. Pode entrar em contato com ele no Midland, em Manchester, ou possivelmente no Grand, em Leicester. Ou pode tentar Shearer & Bonds, em Leicester. Não sei o telefone deles, infelizmente, mas sei que são empresas as quais ele iria ligar, e podem ser capazes de informar seu provável paradeiro hoje. Mrs. Fortescue certamente virá para o jantar e talvez para o chá. Será um grande choque para ela. Deve ter sido muito repentino? Mr. Fortescue estava muito bem quando saiu de casa esta manhã.

— A senhorita o viu antes de ele sair?

— Ah, sim. O que foi? Coração?

— Ele sofria de problemas cardíacos?

— Não, não, acho que não, mas pensei... já que foi tão repentino... — Ela hesitou novamente. — O senhor está falando do St. Jude's Hospital? É um médico?

— Não, Miss Dove, não sou médico. Estou falando do escritório de Mr. Fortescue. Sou o Detetive Inspetor Neele, do Departamento de Investigações Criminais, e irei visitá-los assim que puder.

— Detetive inspetor? Quer dizer... *O que* o senhor quer dizer?

— Foi um caso de morte súbita, Miss Dove. E quando há uma morte súbita, somos chamados à cena, especialmente quando o falecido não vinha frequentando um médico nos últimos tempos, o que suponho que seja o caso?

A frase terminou apenas com uma leve suspeita de interrogação, mas a jovem respondeu.

— Eu sei. Percival marcou duas consultas, mas ele não quis. Foi bastante insensato, todos estavam preocupados...

Ela se interrompeu, então retomou em seu jeito confiante anterior.

— Se Mrs. Fortescue voltar para casa antes de o senhor chegar, o que quer que eu diga a ela?

Prática como poucos, pensou o Inspetor Neele. Em voz alta ele, respondeu:

— Basta dizer que, em caso de morte súbita, temos que fazer algumas perguntas. Perguntas de rotina.

E desligou.

Capítulo 3

Neele afastou o telefone e lançou um olhar aguçado para Miss Griffith.

— Então eles andavam preocupados com ele — falou. — Queriam que fosse ao médico. A senhorita não me disse isso.

— Nem pensei nisso — respondeu Miss Griffith, acrescentando: — Ele nunca me pareceu realmente *doente*...

— Doente não, mas o quê?

— Bem, só diferente. Diferente do habitual. Peculiar em seus modos.

— Preocupado com alguma coisa?

— Ah não, não *preocupado*. Éramos *nós* que estávamos preocupados...

O Inspetor Neele esperou pacientemente.

— É difícil dizer, na verdade — prosseguiu Miss Griffith. — Ele tinha um temperamento e tanto, sabe. Às vezes era muito turbulento. Uma ou duas vezes, francamente, pensei que tivesse bebido... Ele se gabava e contava as histórias mais extraordinárias, que com certeza não poderiam ser verdadeiras. Na maior parte do tempo em que estive aqui, ele sempre foi muito fechado sobre seus negócios, não revelava nada. Mas ultimamente ele estava bem diferente, expansivo e um tanto... bem, esbanjador. Muito diferente de sua maneira habitual. Ora, quando o contínuo teve de ir ao funeral da avó, Mr. Fortescue chamou-o, deu-lhe uma nota de cinco libras e disse para apostar no segundo favorito e depois caiu na gargalhada. Ele não estava... Bem, ele simplesmente não parecia ele mesmo. Isso é tudo o que posso dizer.

— Como se, talvez, ele tivesse algo em mente?

— Não no sentindo habitual do termo. Era como se ele estivesse ansioso por algo agradável, emocionante...
— Possivelmente uma grande coisa que ele iria realizar? Miss Griffith concordou com mais convicção.
— Sim... sim, é isso que quero dizer. Como se as coisas do dia a dia não importassem mais. Ele estava animado. E algumas pessoas de aparência muito estranha vieram vê-lo a negócios. Pessoas que nunca estiveram aqui antes. Isso deixou Mr. Percival terrivelmente preocupado.
— Ah, isso o preocupou, foi?
— Sim. Mr. Percival sempre foi de muita confiança para o pai, entende? Seu pai contava com ele. Mas ultimamente...
— Ultimamente, eles não estavam se dando tão bem.
— Bem, Mr. Fortescue estava fazendo um monte de coisas que Mr. Percival considerava insensato. Mr. Percival é sempre muito cuidadoso e prudente. Mas, de repente, seu pai parou de dar-lhe ouvidos, e Mr. Percival ficou muito chateado.
— E eles tiveram uma briga feia por causa disso tudo? — O Inspetor Neele continuava sondando.
— Não sei de nenhuma *briga*... Claro, percebo agora que Mr. Fortescue só podia estar fora de si, gritando daquele jeito.
— Gritou, foi? O que ele disse?
— Ele veio direto para a sala das datilógrafas...
— Para que todas vocês escutassem?
— Bem, sim.
— E ele xingou Percival, o humilhou, praguejou contra o filho.
— E o que ele disse que Percival fez?
— Era mais por algo que ele não tinha feito... Chamou-o de vendedorzinho miserável e mesquinho. Disse que não tinha grandes perspectivas, nenhuma noção de como fazer negócios em grande estilo. Ele disse: "Vou levar Lance de volta para casa. Ele vale dez de você, *e* é bem casado. Lance tem coragem, mesmo que tenha se arriscado em um processo criminal uma vez..." Ah, minha nossa, eu não deveria ter

dito isso! — Miss Griffith, que assim como outros antes dela se deixou levar pelo direcionamento experiente do Inspetor Neele, foi subitamente tomada pela confusão.

— Não se preocupe — disse o Inspetor Neele, reconfortante. — O que passou, passou.

— Ah, sim, foi há muito tempo. Mr. Lance era apenas jovem e espirituoso e não sabia direito o que estava fazendo.

O inspetor já ouvira essa opinião e não concordava com ela. Mas passou para novas perguntas.

— Conte-me um pouco mais sobre a equipe daqui.

Miss Griffith, apressando-se em afastar-se de sua indiscrição, despejou informações sobre as diversas personalidades da empresa. O Inspetor Neele agradeceu e disse que gostaria de falar com Miss Grosvenor novamente.

Waite, o detetive da polícia, apontou o lápis. Ele observou melancolicamente que aquele era um lugar bem chique. Seu olhar vagou com apreciação pelas poltronas enormes, a grande escrivaninha e a iluminação indireta.

— Todas essas pessoas têm nomes chiques também — comentou ele. — Grosvenor... isso tem a ver com um duque. E Fortescue... esse também é um nome classudo.

O Inspetor Neele sorriu.

— O nome do pai dele não era Fortescue. Era Fontescu, e ele veio de algum lugar da Europa Central. Imagino que tenha achado que Fortescue soava melhor.

O detetive Waite olhou para seu oficial superior com admiração.

— Então você sabe tudo sobre ele?

— Eu só pesquisei algumas coisas antes de atender a chamada.

— Não tinha ficha, tinha?

— Ah, não. Mr. Fortescue era inteligente demais para isso. Ele tinha alguns contatos no mercado clandestino e fez um ou dois negócios no mínimo questionáveis, mas sempre no limite da lei.

— Entendo — disse Waite. — Não era um tipo legal.

— Um malandro — concordou Neele. — Mas não temos nada contra ele. A Receita Federal está atrás dele há muito tempo, mas ele era esperto demais para ser pego. Um grande gênio financeiro, o falecido Mr. Fortescue.

— O tipo de homem — sugeriu o Detetive Waite — que pode ter inimigos?

Seu tom foi esperançoso.

— Ah sim, certamente. Mas ele foi envenenado em casa, lembre-se. Ou assim parece. Sabe, Waite, vejo uma espécie de padrão emergindo. Um tipo de padrão familiar antiquado. O bom menino, Percival. O menino mau, Lance, atraente para as mulheres. A esposa que é mais jovem que o marido e não informa com clareza em que campo vai jogar golfe. É tudo muito familiar. Mas há uma coisa que se destaca de maneira muito incongruente.

Assim que o Detetive Waite perguntou "o quê?", a porta se abriu e Miss Grosvenor, a postura recuperada e novamente glamourosa, perguntou com altivez:

— O senhor queria me ver?

— Eu gostaria de fazer algumas perguntas sobre seu empregador... ou, talvez eu deva dizer, seu ex-empregador.

— Pobre alma — disse Miss Grosvenor de forma pouco convincente.

— Quero saber se você notou alguma diferença nele nos últimos tempos.

— Bem, sim. Eu notei, para ser sincera.

— De que maneira?

— Realmente não sei dizer... Ele parecia falar um monte de besteiras. Eu não acreditava em metade do que ele dizia. Mr. Fortescue também perdia a paciência com muita facilidade, especialmente com Mr. Percival. Não comigo, porque é claro que *nunca* discuto. Apenas respondo "sim, Mr. Fortescue" para qualquer coisa peculiar que ele diga... ou melhor, dizia.

— Alguma vez ele já... Bem... passou da linha com você?

Miss Grosvenor respondeu com bastante pesar:

— Bem, não, acho que eu não poderia afirmar *isso*.

— Há apenas mais uma coisa, Miss Grosvenor. Mr. Fortescue tinha o hábito de carregar grãos no bolso?

Miss Grosvenor mostrou-se muito surpresa.

— Grãos? No bolso dele? O senhor quer dizer para alimentar pombos ou algo assim?

— Poderia ser para esse propósito.

— Ah, tenho certeza de que não. Mr. Fortescue? Alimentar pombos? Ah, não.

— Ele poderia estar com cevada, ou centeio, no bolso hoje por algum motivo especial? Uma amostra, talvez? Algum negócio com grãos?

— Ah, não. Ele estava esperando o pessoal da Asiatic Oil esta tarde. E o presidente da Sociedade Construtora Atticus... Ninguém mais.

— Pois bem... — Neele descartou o assunto e Miss Grosvenor com um aceno de mão.

— Que belas pernas ela tem — comentou o Detetive Waite com um suspiro. — E ótimas meias-calças...

— Pernas não me ajudam em nada — respondeu o Inspetor Neele. — Continuo com o que já tinha. Um bolso cheio de centeio e nenhuma explicação.

Capítulo 4

Mary Dove parou enquanto descia a escadaria e olhou pela grande janela. Acabara de chegar um carro, do qual dois homens estavam descendo. O mais alto ficou parado por um momento, de costas para a casa, observando os arredores. Mary Dove avaliou os homens, pensativa. Inspetor Neele e provavelmente um subordinado.

Ela se afastou da janela e se olhou no espelho de corpo inteiro pendurado na parede onde a escada fazia uma curva. Viu uma figura pequena e recatada, com gola e punhos brancos imaculados em um vestido bege-acinzentado. Seu cabelo escuro estava repartido ao meio e puxado para trás em duas ondas brilhantes, formando um coque na nuca... Seu batom era rosa-claro.

No geral, Mary Dove estava satisfeita com sua aparência. Com um levíssimo sorriso nos lábios, ela desceu as escadas.

O Inspetor Neele, supervisionando a casa, dizia para si mesmo: "Chamam isso de chalé, até parece! Chalé dos Teixos! A afetação desses ricaços!"

A casa era o que o Inspetor Neele chamaria de mansão. Ele sabia o que era um chalé. Fora criado em um! O chalé nos portões de Hartington Park, aquela vasta e pesada casa palladiana com seus 29 quartos que agora fora assumida pelo National Trust. A cabana era pequena e atraente por fora, porém úmida, desconfortável e desprovida de qualquer coisa além da forma mais primitiva de saneamento por dentro. Felizmente, esses fatos foram aceitos como bastante adequados pelos pais do Inspetor Neele. Eles não precisavam pagar aluguel nem fazer nada exceto abrir e fechar os portões quando necessário, e sempre havia muitos coelhos, além de um ou outro faisão, para a panela. Mrs. Neele nunca descobrira o prazer de ferros elétricos, fogões de combustão lenta, armários aéreos, água quente e fria nas torneiras e acender a luz com um simples movimento de dedo. No inverno, os Neele tinham uma lamparina a óleo e no verão iam para a cama ao escurecer. Eram uma família saudável e feliz, apesar de completamente atrasados no tempo.

Portanto, quando o Inspetor Neele ouviu a palavra "chalé", suas memórias de infância se agitaram. Mas este lugar, com o pretensioso nome de Chalé dos Teixos, era exatamente o tipo de mansão que os ricos construíam e chamavam de "seu cantinho no interior". Tampouco ficava no interior, pelo conceito de interior do Inspetor Neele. A casa era uma grande estrutura sólida de tijolos vermelhos, mais larga do que alta, com gabletes demais e um grande número de janelas com esquadrias de chumbo. Os jardins eram muito artificiais — todos dispostos em canteiros de rosas, pérgulas, piscinas, e fazendo jus ao nome da casa, um grande número de sebes de teixo aparadas.

Havia teixo de sobra ali para qualquer um que desejasse obter a matéria-prima da taxina. À direita, atrás da pérgula de rosas, havia um pouco de natureza real — um grande teixo do tipo que associamos a adros de igrejas, com galhos sustentados por estacas —, como uma espécie de Moisés do mundo florestal. Aquela árvore, pensou o inspetor, já estava ali muito antes que a profusão de casas de tijolos vermelhos recém-construídas começasse a se espalhar pelo campo. Já estava ali antes de os campos de golfe serem construídos e os arquitetos da moda passearem com seus clientes ricos, apontando as vantagens dos vários locais. Sendo uma antiguidade valiosa, a árvore foi mantida e incorporada à nova configuração, talvez até tenha dado nome à nova e desejável residência. Chalé dos Teixos. E era provável que as frutinhas daquela mesma árvore... O Inspetor Neele interrompeu suas especulações inúteis. Precisava continuar o trabalho. Ele tocou a campainha.

A porta foi prontamente aberta por um homem de meia-idade que se encaixava perfeitamente na imagem mental que o Inspetor Neele fizera dele pelo telefone. Um homem com um ar deveras simulado de esperteza, um olhar astuto e as mãos um tanto instáveis.

O inspetor anunciou a si mesmo e a seu subordinado, e teve o prazer de testemunhar uma instantânea expressão de alarme nos olhos do mordomo... Neele não deu muita importância a isso. Poderia facilmente não ter nada a ver com a morte de Rex Fortescue. Era provável que fosse uma reação puramente automática.

— Mrs. Fortescue já voltou?
— Não, senhor.
— Nem Mr. Percival Fortescue? Nem Miss Fortescue?
— Não, senhor.
— Então eu gostaria de falar com Miss Dove, por favor.

O homem virou ligeiramente a cabeça.

— Ali está Miss Dove, descendo as escadas.

O Inspetor Neele observou Miss Dove enquanto ela descia serenamente a ampla escadaria. Dessa vez, a imagem mental não correspondeu à realidade. A palavra governanta inconscientemente evocara uma vaga impressão de uma mulher grande e autoritária vestida de preto, com certo ar de segredo e um tilintar de chaves.

O inspetor não estava preparado para a figura pequena e esguia que descia em sua direção. Os suaves tons rosa-acinzentados de seu vestido, o colarinho e os punhos brancos, o cabelo perfeitamente ondulado, o leve sorriso de Monalisa. Tudo parecia, de alguma forma, um pouco irreal, como se aquela jovem de menos de 30 anos estivesse desempenhando um papel: não o papel de uma governanta, pensou, mas o papel de Mary Dove. Sua aparência era voltada a fazer jus ao seu nome.

Ela o cumprimentou com tranquilidade.

— Inspetor Neele?

— Sim. Este é o Sargento Hay. Como lhe contei por telefone, Mr. Fortescue morreu no St. Jude's Hospital às 12h43. Parece provável que sua morte tenha resultado de algo que comeu no café da manhã. Eu agradeceria, portanto, se o sargento Hay fosse levado à cozinha, onde ele poderá fazer perguntas sobre a comida servida.

Seus olhos encontraram os dele por um momento, pensativos, então ela assentiu.

— Claro — disse a mulher. Então se virou para o mordomo inquieto. — Crump, pode levar o Sargento Hay e mostrar o que ele quiser ver.

Os dois homens partiram juntos. Mary Dove perguntou a Neele:

— Pode vir comigo?

Ela abriu uma porta e entrou na frente. Era um cômodo sem personalidade, claramente rotulado como "Sala de Fumantes", com painéis, móveis cobertos com tecidos caros, grandes cadeiras estofadas e um conjunto adequado de gravuras esportivas nas paredes.

— Por favor, sente-se.

Ele obedeceu, e Mary Dove ocupou o lugar à sua frente. Ele notou que ela escolheu ficar frente à luz. Uma preferência incomum para uma mulher. Ainda mais incomum se a mulher tivesse algo a esconder. Mas talvez Mary Dove não tivesse nada a esconder.

— É muito lamentável — disse ela — que ninguém da família esteja disponível. Mrs. Fortescue pode voltar a qualquer minuto. Assim como Mrs. Val. Enviei telegramas para Mr. Percival Fortescue em vários lugares.

— Obrigado, Miss Dove.

— O senhor afirma que a morte de Mr. Fortescue foi causada por algo que ele pode ter comido no café da manhã? Intoxicação alimentar, quer dizer?

— Possivelmente. — Ele a observou.

— Parece improvável — opinou ela, serena. — No café da manhã havia bacon e ovos mexidos, café, torradas e marmelada. Também havia um presunto frio no aparador, mas fora cortado na véspera e ninguém sentiu efeitos adversos. Nenhum tipo de peixe foi servido, nenhuma salsicha, nada disso.

— Vejo que sabe exatamente o que foi servido.

— Naturalmente. Sou eu que peço as refeições. Para o jantar ontem à noite...

— Não — interrompeu o Inspetor Neele. — O jantar de ontem à noite não está em questão.

— Pensei que o início de uma intoxicação alimentar às vezes pudesse demorar até 24 horas.

— Não neste caso... Pode me dizer exatamente o que Mr. Fortescue comeu e bebeu antes de sair de casa esta manhã?

— Ele tomou um chá em seu quarto às oito horas. O desjejum foi às 9h15. Mr. Fortescue, como já lhe disse, comeu ovos mexidos, bacon, café, torradas e marmelada.

— Algum cereal?

— Não, ele não gostava de cereais.

— O açúcar para o café... é em cubos ou refinado?

— Em cubos. Mas Mr. Fortescue não coloca açúcar no café.

— Ele tinha o hábito de tomar algum remédio pela manhã? Sais? Um tônico? Algum remédio digestivo?

— Não, nada do tipo.

— A senhorita também tomou café da manhã com ele?

— Não. Eu não faço refeições com a família.

— Quem estava no café da manhã?

— Mrs. Fortescue. Miss Fortescue. Mrs. Val Fortescue. Mr. Percival Fortescue, é claro, estava viajando.

— E Mrs. e Miss Fortescue comeram as mesmas coisas no café da manhã?

— Mrs. Fortescue toma apenas café, suco de laranja e torrada, Mrs. Val e Miss Fortescue sempre tomam um café da manhã farto. Além de comer ovos mexidos e presunto frio, provavelmente comeram cereal também. Mrs. Val bebe chá, não café.

O Inspetor Neele refletiu por um momento. Ao menos as possibilidades pareciam estar se afunilando. Três e somente três pessoas tomaram café da manhã com o falecido: a esposa, a filha e a nora. Qualquer uma delas poderia ter aproveitado a oportunidade para adicionar taxina à xícara de café dele. O amargor do café teria mascarado o amargor da taxina. Havia o chá da manhã, é claro, mas Bernsdorff insinuou que o sabor seria perceptível no chá. Mas talvez, logo pela manhã, antes que os sentidos estivessem alertas... Ele ergueu o olhar e encontrou Mary Dove observando-o.

— Suas perguntas sobre tônicos e medicamentos me parecem um tanto estranhas, inspetor — disse ela. — Parecem implicar que ou havia algo errado com um medicamento ou que algo foi adicionado a ele. Certamente nenhum desses processos pode ser descrito como intoxicação alimentar.

Neele a olhou fixamente.

— Eu com certeza não falei que Mr. Fortescue morreu de intoxicação alimentar, mas de algum tipo de intoxicação. Na verdade, um envenenamento.

— Envenenamento... — repetiu ela baixinho.

Não parecia assustada nem desanimada, apenas interessada. Sua atitude era a de quem passa por uma nova experiência. Na verdade, ela confirmou isso ao comentar, após um momento de reflexão:

— Eu nunca estive envolvida em um caso de envenenamento antes.

— Não é muito agradável — informou Neele secamente.

— Não, suponho que não...

Ela pensou por um momento, então olhou para ele com um sorriso repentino.

— Não fui eu — afirmou ela. — Mas acho que todo mundo vai te dizer isso!

— Tem alguma ideia de quem fez isso, Miss Dove?

Ela deu de ombros.

— Francamente, ele era um homem odioso. Pode ter sido qualquer um.

— As pessoas não são envenenadas apenas por serem "odiosas", Miss Dove. Normalmente precisa haver um motivo bastante sólido.

— Sim, claro.

Ela estava pensativa.

— A senhorita se importa em me contar algo sobre os moradores da casa?

Ela o olhou. Ele ficou um pouco surpreso ao perceber sua expressão tranquila e divertida.

— Não é exatamente uma declaração que o senhor está me pedindo para fazer, é? Não, não pode ser, porque o seu sargento está ocupado chateando os criados. Eu não gostaria que meu relato fosse lido no tribunal, mas mesmo assim, gostaria de dizê-lo, não oficialmente. Em *off*, por assim dizer?

— Vá em frente então, Miss Dove. Não tenho testemunha, como já observou.

Ela se inclinou para trás, balançando um pé esguio e estreitando os olhos.

— Deixe-me começar dizendo que não nutro nenhum sentimento de lealdade por meus empregadores. Trabalho para eles porque é um trabalho que paga bem, e insisto para que paguem bem.

— Fiquei um pouco surpreso ao encontrá-la fazendo esse tipo de trabalho. Parece-me que, com sua inteligência e educação...

— Eu deveria ficar confinada em um escritório? Ou compilando arquivos em um Ministério? Meu caro Inspetor Neele, este é o serviço perfeito. As pessoas pagarão qualquer coisa, *qualquer coisa*, para serem poupadas das preocupações domésticas. Encontrar e contratar uma equipe é uma tarefa extremamente tediosa. Escrever para agências, colocar anúncios, entrevistar pessoas, organizar entrevistas e, finalmente, manter tudo funcionando perfeitamente... exige uma certa capacidade que a maioria dessas pessoas não tem.

— E suponho que sua equipe, depois de montada, funcione sem você? Já ouvi falar dessas coisas.

Mary sorriu.

— Se necessário, posso fazer as camas, espanar os quartos, preparar uma refeição *e* servi-la sem que ninguém perceba a diferença. Claro que não fico anunciando isso. Não quero dar ideias. Mas sempre tenho certeza de que consigo cobrir qualquer falha. Apesar de elas não serem frequentes. Eu trabalho apenas para os extremamente ricos que pagam qualquer coisa para se sentirem confortáveis. Pago salários altos e, portanto, consigo o melhor do que há disponível.

— Como o mordomo?

Ela lançou-lhe um olhar divertido e apreciativo.

— Sempre acontece esse problema com um casal. Crump fica por causa de Mrs. Crump, que é uma das melhores cozinheiras que já conheci. Ela é uma joia por quem qualquer um toleraria muito. Nosso Mr. Fortescue gosta da comida... digo, gostava. Nesta casa ninguém tem escrúpulos, mas sim muito dinheiro. Manteiga, ovos, creme, Mrs. Crump pode pedir o que quiser. Quanto a Crump, ele cumpre seu papel. Seu cuidado com a prataria é aceitável e seu serviço à mesa não é tão ruim. Eu fico com a chave da adega, mantenho um olho atento ao uísque e ao gim e supervisiono seus serviços como manobrista.

O Inspetor Neele ergueu as sobrancelhas.

— "A admirável Miss Crichton".

— Creio que seja preciso *saber* fazer tudo sozinha. Assim, nunca é preciso fazê-lo. Mas o senhor queria minhas impressões sobre a família.

— Se não se importar.

— Eles são todos realmente muito odiosos. O falecido Mr. Fortescue era o tipo de vigarista que sempre toma o cuidado de jogar seguro. Ele se gabava muito de seus vários negócios inteligentes. Era rude e autoritário nos modos e definitivamente gostava de intimidar os outros. Mrs. Fortescue, Adele, é sua segunda esposa e cerca de trinta anos mais nova do que ele. Ele a conheceu em Brighton. Ela era uma manicure à procura de muito dinheiro. É muito bonita, um pedaço de mau caminho, se é que me entende.

O Inspetor Neele ficou chocado, mas não deixou transparecer. Achava que uma garota como Mary Dove não deveria dizer tais coisas.

A jovem continuou calmamente:

— Adele se casou com ele pelo dinheiro, é claro, e tanto seu filho Percival quanto sua filha Elaine ficaram simplesmente furiosos. Eles são tão desagradáveis quanto possível com ela, mas, de forma muito sábia, ela não se importa ou nem mesmo percebe. Sabe que tem o velho onde quer. Ah, céus, o tempo verbal errado de novo. Ainda não me acostumei com o fato de que ele está morto mesmo...

— Fale um pouco sobre o filho.

— O querido Percival? Val, como sua esposa o chama. Percival é um hipócrita que nunca diz o que pensa de verdade. Ele é cheio de pose, dissimulado e ardiloso. Tem pavor do pai e sempre se deixou intimidar, mas é muito esperto em conseguir o que quer. Ao contrário de seu pai, é avarento. Economizar é uma de suas paixões. É por isso que demorou tanto para encontrar uma casa própria. Ter um conjunto de quartos aqui era ótimo para seu bolso.

— E a esposa dele?

— Jennifer é submissa e parece ser muito burra. Mas não tenho tanta certeza. Era enfermeira hospitalar antes de se casar, cuidou de Percival durante a pneumonia até um final romântico. O velho ficou decepcionado com o casamento. Ele era esnobe e queria que Percival fizesse o que chamava de "bom casamento". Desprezava a pobre Mrs. Val e a esnobava. Ela não gosta... não gostava nem um pouco dele, acho.

Seus principais interesses são compras e cinema. Sua principal queixa é que seu marido lhe dá pouco dinheiro.

— E quanto à filha?

— Elaine? De Elaine eu tenho pena. Ela não é má pessoa. É uma daquelas colegiais que nunca crescem. Ela é ótima em jogos, comanda escoteiras e bandeirantes e todo esse tipo de coisa. Houve algum tipo de caso, não muito tempo atrás, com um jovem professor primário desiludido, mas o pai descobriu que o homem tinha ideias comunistas e esmagou o romance feito uma tonelada de tijolos.

— Ela não teve ânimo para enfrentá-lo?

— *Ela* teve. Foi o rapaz que se acovardou. Outra vez uma questão de dinheiro, imagino. Elaine não é particularmente bonita, coitadinha.

— E o outro filho?

— Eu nunca o vi. Ele é bonito, pelo que dizem, e um completo mau caráter. Alguma questão menor envolvendo um cheque falso no passado. Mora na África Oriental.

— E foi alienado pelo pai.

— Sim, Mr. Fortescue não poderia deixá-lo sem um tostão porque ele já o nomeara sócio júnior na empresa, mas não manteve contato com ele por anos e, na verdade, se Lance fosse mencionado, ele costumava dizer: "Não me fale daquele patife. Ele não é filho meu." Mesmo assim...

— Sim, Miss Dove?

Mary prosseguiu lentamente:

— Mesmo assim, eu não ficaria surpresa se o velho Fortescue estivesse planejando trazê-lo de volta para cá.

— O que a faz pensar isso?

— Porque, há cerca de um mês, o velho Fortescue teve uma briga terrível com Percival. Ele descobriu algo que o filho estava fazendo pelas suas costas, não sei o que era, mas ele ficou absolutamente furioso. Percival de repente deixou de ser o favorito. Ele também andava bem diferente ultimamente.

— Mr. Fortescue andava bem diferente?

— Não. Quis dizer Percival. Parecia estar morrendo de preocupação.
— E quanto aos criados? Você já descreveu os Crump. Quem mais trabalha aqui?
— Gladys Martin é a copeira, ou garçonete, como elas gostam de se chamar hoje em dia. Cuida dos quartos do térreo, arruma a mesa, limpa e ajuda Crump a servir as refeições. Uma garota bastante decente, mas bem burrinha. Um tipo com adenoidite.

Neele assentiu.

— A empregada é Ellen Curtis. Idosa, muito desagradável e mal-humorada, mas tem prestado um bom serviço e é uma doméstica de primeira. O resto é criadagem externa, mulheres avulsas que vêm e vão.

— E essas são as únicas pessoas que moram aqui?
— Tem a velha Miss Ramsbottom.
— Quem é ela?
— A cunhada de Mr. Fortescue, irmã de sua primeira esposa. A companheira era bem mais velha do que ele, e sua irmã era bem mais velha do que ela, o que faz com que a mulher tenha mais de 70 anos. Ela tem um aposento próprio no segundo andar, onde faz sua comida e tudo o mais, com apenas uma mulher entrando para limpar. É bastante excêntrica e nunca gostou do cunhado, mas veio aqui enquanto a irmã estava viva e ficou quando ela morreu. Mr. Fortescue nunca se preocupou muito com ela. É uma figura e tanto, a tia Effie.

— E isso é tudo.
— Isso é tudo.
— Então chegamos em você, Miss Dove.
— Você quer detalhes? Sou órfã. Fiz um curso de secretariado no St. Alfred's Secretarial College. Arranjei um emprego como taquígrafa, saí e consegui outro, então decidi que estava na área errada e comecei minha carreira atual. Já estive com três empregadores diferentes. Depois de cerca de um ano ou dezoito meses, fico cansada de um determinado

lugar e sigo em frente. Estou no Chalé dos Teixos há pouco mais de um ano. Vou digitar os nomes e endereços de meus vários empregadores e entregar, com uma cópia de minhas referências, ao sargento... Hay, correto? Isso será satisfatório?

— Perfeitamente, Miss Dove.

Neele ficou em silêncio por um momento, apreciando a imagem mental de Miss Dove adulterando o café da manhã de Mr. Fortescue. Sua mente retrocedeu ainda mais, e ele a imaginou recolhendo metodicamente bagas de teixo em uma pequena cesta. Com um suspiro, ele voltou ao presente e à realidade.

— Agora, eu gostaria de ver a garota, hã, Gladys, e depois a empregada doméstica, Ellen. — Ele acrescentou enquanto se levantava: — A propósito, Miss Dove, você pode me dar alguma ideia de por que Mr. Fortescue estaria carregando grãos soltos no bolso?

— Grãos? — Ela olhou para ele com o que parecia ser uma surpresa genuína.

— Sim, grãos. Isso lhe diz algo, Miss Dove?

— Nada mesmo.

— Quem cuidava das roupas dele?

— Crump.

— Entendo. Mr. Fortescue e Mrs. Fortescue ocupavam o mesmo quarto?

— Sim. Ele tinha seu vestiário e banheiro, é claro, e ela também... — Mary olhou para seu relógio de pulso. — Realmente acho que ela deve voltar muito em breve.

O inspetor se levantou e disse, com uma voz agradável:

— Sabe de uma coisa, Miss Dove? A mim parece muito estranho que, embora haja três campos de golfe nas imediações, ainda não tenha sido possível localizar Mrs. Fortescue em nenhum deles até agora.

— Não seria tão estranho, inspetor, se ela não estivesse de fato jogando golfe.

O tom de Mary era seco. O inspetor disparou:

— Eu fui claramente informado de que ela estava jogando golfe.

— Ela pegou seus tacos de golfe e anunciou sua intenção de fazê-lo. Saiu dirigindo seu próprio carro, é claro.

Ele olhou para ela com firmeza, percebendo a inferência.

— Com quem ela estava jogando? A senhorita sabe?

— Acho possível que seja com Mr. Vivian Dubois.

Neele se contentou em responder:

— Entendo.

— Vou mandar Gladys até você. Ela provavelmente estará apavorada. — Mary parou por um momento perto da porta, então concluiu: — Eu não o aconselharia a levar tanto em conta tudo o que eu lhe disse. Sou uma criatura maliciosa.

Ela saiu. O Inspetor Neele olhou para a porta fechada e refletiu. Movida por malícia ou não, o que ela lhe contara não deixava de ser sugestivo. Se Rex Fortescue tinha sido envenenado deliberadamente, o que parecia quase certo, o cenário no Chalé dos Teixos parecia altamente promissor. Motivações pareciam se espalhar em abundância pelo chão.

Capítulo 5

A garota que entrou na sala obviamente contra a vontade era feia e de aparência assustada, conseguindo parecer levemente vulgar apesar de ser alta e estar bem-vestida com um uniforme clarete.

Ela falou de imediato, fixando nele seus olhos suplicantes:

— Eu não fiz nada. Eu realmente não fiz. Não sei nada sobre isso.

— Está tudo bem — disse Neele com entusiasmo. Sua voz mudara ligeiramente. Parecia mais alegre e muito mais informal. Ele queria deixar Gladys, a coelhinha assustada, mais à vontade. — Sente-se aqui. Eu só quero saber sobre o café da manhã.

— Eu não fiz absolutamente nada.

— Bem, você serviu o café da manhã, não foi?

— Sim, isso eu fiz. — Até mesmo essa admissão veio de má vontade. Ela parecia culpada e apavorada, mas o Inspetor Neele estava acostumado a testemunhas que agiam assim. Ele seguiu adiante, animado, tentando deixá-la à vontade enquanto perguntava: quem desceu primeiro? E quem veio a seguir?

Elaine Fortescue foi a primeira a descer para o café da manhã. Ela entrou no momento em que Crump levava o café para a mesa. Mrs. Fortescue desceu em seguida, depois Mrs. Val e o patrão por último. Eles se serviram sozinhos. O chá, o café e os alimentos quentes estavam todos em pratos aquecidos no aparador.

Ele descobriu com ela poucas coisas importantes que já não soubesse. A comida e a bebida foram como Mary Dove descrevera. O patrão, Mrs. Fortescue e Miss Elaine tomaram café, e Mrs. Val, chá. Tudo fora como de costume.

Neele fez perguntas sobre ela própria, aos quais ela respondeu mais rápido. Começou trabalhando em serviços privados e, depois disso, em vários cafés. Então pensou que gostaria de voltar ao serviço privado e veio para o Chalé dos Teixos em setembro passado. Estava ali havia dois meses.

— E você gosta daqui?

— Bem, é razoável. — Ela acrescentou: — Não cansa tanto os pés, mas não se tem tanta liberdade...

— Conte-me sobre as roupas de Mr. Fortescue, seus ternos. Quem cuidava deles? Quem os escovava e tudo mais?

Gladys pareceu ligeiramente ressentida.

— Deveria ser Mr. Crump. Mas na metade das vezes ele me obriga a fazer isso.

— Quem escovou e passou o terno que Mr. Fortescue vestia hoje?

— Não me lembro qual ele usava. Ele tem muitos.

— Você já encontrou grãos no bolso de algum de seus ternos?

— Grãos? — Ela parecia confusa.

— Centeio, para ser exato.

— Centeio? Isso é pão, não é? Uma espécie de pão preto... tem um gosto desagradável, eu sempre acho.

— Isso é pão feito de centeio. O centeio é o próprio grão. Foi encontrado um pouco no bolso do paletó do seu empregador.

— No bolso do paletó?

— Sim. Você sabe como foi parar lá?

— Não posso dizer que sim. Nunca vi nenhum.

Ele não conseguiria mais nada dela. Por um momento ou dois, se perguntou se ela sabia mais do que estava disposta a admitir. Certamente parecia envergonhada e na defensiva, mas em geral ele atribuía isso a um medo natural da polícia.

Quando ele finalmente a dispensou, ela perguntou:

— É realmente verdade, não é? Ele está morto?

— Sim, ele está morto.

— Muito repentino, não foi? Eles disseram, quando ligaram do escritório, que ele teve um ataque.

— Sim, foi um tipo de ataque.

— Uma garota que eu conhecia tinha ataques — contou Gladys. — Podiam vir a qualquer hora. Costumavam me assustar.

No momento, essa reminiscência pareceu superar suas suspeitas.

O Inspetor Neele foi até a cozinha.

Sua recepção foi imediata e alarmante. Uma mulher de grandes proporções, com o rosto vermelho e armada de um rolo de massa, aproximou-se de forma ameaçadora.

— Polícia, de fato — disse ela. — Vindo aqui e falando coisas assim! Não foi nada do tipo, quero que saiba. Qualquer coisa que enviei para a sala de jantar era exatamente o que deveria ser. Vindo aqui e dizendo que envenenei o patrão. A lei vai recair sobre vocês, sendo ou não da polícia. Nenhuma comida ruim jamais foi servida nesta casa.

Demorou algum tempo até que o Inspetor Neele conseguisse apaziguar a irada artista. O Sargento Hay o olhou da despensa, sorrindo, e o Inspetor Neele percebeu que ele já havia enfrentado a ira de Mrs. Crump.

A cena se encerrou com o toque do telefone.

Neele saiu para o corredor e encontrou Mary Dove atendendo a ligação. Ela anotava uma mensagem em um bloco. Virando a cabeça por cima do ombro, ela anunciou:

— É um telegrama.

Terminada a ligação, ela devolveu o fone ao gancho e entregou ao inspetor o bloco onde estava escrevendo. O lugar de origem era Paris e a mensagem era a seguinte:

Fortescue Chalé dos Teixos Baydon Heath Surrey. Desculpe sua carta atrasou. Estarei com você amanhã na hora do chá. Espero vitela assada para o jantar. Lance.

O inspetor Neele ergueu as sobrancelhas.

— Então, o Filho Pródigo foi convocado para casa — disse ele.

Capítulo 6

No momento em que Rex Fortescue bebia sua última xícara de chá, Lance Fortescue e a esposa estavam sentados sob as árvores da Champs Elysées, observando as pessoas que passavam.

— É muito fácil dizer "descreva-o", Pat. Eu sou péssimo em descrições. O que quer saber? O chefão é um velho meio picareta, sabe? Mas você não vai se importar com isso, certo? Deve estar mais ou menos acostumada.

— Ah, sim — respondeu Pat. — Sim, como você diz, estou aclimatada.

Ela tentou disfarçar um certo desamparo na voz. Talvez, refletiu, o mundo inteiro fosse meio picareta... ou será que só ela dera azar?

Era uma garota alta e de pernas longas, não bonita, mas com um charme feito de vitalidade e uma personalidade calorosa. Tinha um andar gracioso e lindos cabelos castanhos e brilhantes. Talvez por causa de uma longa associação com cavalos, adquirira a aparência de uma puro-sangue.

Picaretices no mundo das corridas ela conhecia bem — agora, pelo visto, ela conheceria as picaretices do mundo financeiro. Apesar disso tudo, parecia que seu sogro, que ela ainda não conhecia, era, no que dizia respeito à lei, um pilar da integridade. Todas essas pessoas que se gabavam de "ser espertas" eram iguais — tecnicamente, sempre conseguiam ficar dentro da lei. Ainda assim, parecia que seu Lance, a quem amava, e que assumia ter se desviado do caminho no passado, tinha a honestidade que faltava a esses bem-sucedidos praticantes de picaretices.

— Não quero dizer — continuou Lance — que ele é um vigarista, nada disso. Mas ele sabe como dar um jeito.

— Às vezes — disse Pat — sinto que odeio as pessoas que dão um jeito. — E acrescentou: — Você gosta dele. — Foi uma declaração, não uma pergunta.

Lance pensou por um momento, então respondeu com uma voz surpresa:

— Sabe, querida, acredito que sim.

Pat riu. Ele virou a cabeça para encará-la, estreitando os olhos. Como ela era adorável! Ele a amava. A coisa toda valia a pena por ela.

— Sabe, de certo modo — falou ele —, ter que voltar é um inferno. Vida urbana. Estar em casa às 5h18. Não é meu tipo de vida. Me sinto muito mais à vontade entre os pobres e excluídos. Mas é preciso sossegar algum dia, suponho. E com você segurando minha mão, o processo pode até ser bastante agradável. E já que o velho voltou atrás, é preciso tirar vantagem. Devo dizer que fiquei surpreso quando recebi a carta dele... Percival, dentre todas as pessoas, manchando sua reputação. Percival, o bom menino. Veja bem, Percy sempre foi ardiloso. Sim, ele sempre foi ardiloso.

— Não acho — respondeu Patricia Fortescue — que eu vá gostar do seu irmão Percival.

— Não me deixe colocá-la contra ele. Percy e eu nunca nos demos bem, só isso. Eu gastei o dinheiro que tinha no bolso, ele guardou o dele. Eu tinha amigos de má reputação, mas divertidos, Percy fez o que se chama de "contatos valiosos". Estávamos em polos opostos, ele e eu. Sempre o achei um coitado, e ele... sabe, às vezes acho que quase me odiava. Não sei exatamente por quê...

— Acho que entendo por quê.

— É mesmo, querida? Você é tão inteligente. Sabe, eu sempre me perguntei, é uma coisa fantástica de se dizer, mas...

— Sim? Diga.

— Eu me perguntava se não era Percival quem estava por trás do negócio dos cheques. Sabe, quando o velho me expulsou? E como ele ficou bravo por ter me dado uma parte na empresa e não poder me deserdar! Porque o mais estranho é que eu nunca falsifiquei aquele cheque. Embora, claro, ninguém fosse acreditar em mim depois daquela vez que roubei fundos do caixa e apostei em um cavalo. Eu tinha certeza absoluta de que poderia repô-lo, e, de todo modo, era meu próprio dinheiro, por assim dizer. Mas aquele negócio dos cheques, não. Não sei por que fiquei com a impressão ridícula de que foi Percival, mas fiquei, de alguma forma.

— Mas que bem isso teria feito a *ele*? Foi depositado na sua conta.

— Eu sei. Então não faz sentido, não é?

Pat se voltou bruscamente para ele.

— Quer dizer... ele fez isso para que você fosse expulso da empresa?

— Eu me perguntei isso. Bem, é uma coisa horrível de se dizer. Esqueça. Eu imagino o que o velho Percy vai falar quando vir o Filho Pródigo de volta. Aqueles olhos pálidos de groselha fervida dele vão saltar para fora!

— Ele sabe que você está indo?

— Eu não ficaria surpreso se ele não soubesse de nada! O velho tem um senso de humor bastante engraçado, sabe.

— Mas o que seu irmão *fez* para aborrecer tanto seu pai?

— Isso é o que *eu* gostaria de saber. Algo deve ter deixado o velho furioso. Escrevendo para mim do jeito que fez.

— Quando foi que você recebeu a primeira carta dele?

— Deve ter sido há quatro, não, cinco meses. Uma carta cautelosa, mas um claro erguer de bandeira branca. "Seu irmão mais velho se provou insatisfatório em muitos aspectos." "Você parece ter sossegado o facho e se acomodado." "Posso prometer que vai valer a pena financeiramente." "Darei as boas-vindas a você e sua esposa." Sabe, querida, acho que meu casamento com você teve muito a ver com isso. O velho ficou impressionado por eu ter me casado com alguém de uma classe social acima da minha.

Pat riu.

— Quê? Da ralé da aristocracia?

Ele sorriu.

— Isso mesmo. Mas a parte da "ralé" não chamou atenção, e a parte da "aristocracia", sim. Você deveria ver a esposa de Percival. Ela é do tipo que diz "passe as conservas, por favor" e tem conversas sobre um selo postal.

Pat não riu. Estava pensando nas mulheres da família do marido. Era um ponto de vista que Lance não levara em consideração.

— E sua irmã? — perguntou ela.

— Elaine...? Ah, ela é legal. Era muito jovem quando eu saí de casa. Meio que uma garota séria, mas provavelmente já superou essa fase. Muito intensa sobre as coisas.

Não parecia muito reconfortante. Pat perguntou:

— Ela nunca escreveu para você, depois que foi embora?

— Eu não deixei endereço. Mas ela não teria escrito, de qualquer modo. Não somos uma família unida.

— Não.

Ele lhe lançou um olhar rápido.

— Ficou assustada? Com minha família? Não precisa. Não vamos morar com eles nem nada assim. Teremos nosso próprio cantinho, em algum lugar. Cavalos, cachorros, o que você quiser.

— Mas ainda terá a história das 5h18...

— Para mim, sim. Indo e vindo da cidade, de terno e gravata. Mas não se preocupe, querida, existem recantos rurais, mesmo ao redor de Londres. E, ultimamente, tenho sentido o calor dos negócios financeiros crescendo em mim. Afinal, está no meu sangue, de ambos os lados da família.

— Você mal se lembra da sua mãe, não é?

— Ela sempre me pareceu incrivelmente velha. Ela era velha, é claro. Quase cinquenta anos quando Elaine nasceu.

Usava um monte de coisas que tilintavam e se deitava em um sofá e costumava ler para mim histórias sobre cavaleiros e damas que me entediavam profundamente. *Os idílios do rei*, de Tennyson. Acho que eu gostava dela... Ela era muito... sem cor, sabe. Noto isso agora, olhando para trás.

— Você não parece gostar muito de ninguém — comentou Pat em desaprovação.

Lance agarrou e apertou seu braço.

— Eu gosto de você — falou.

Capítulo 7

O Inspetor Neele ainda segurava a mensagem do telégrafo quando escutou um carro se aproximar da porta da frente e parar com um pisar descuidado nos freios.

— Deve ser Mrs. Fortescue — anunciou Mary Dove.

O Inspetor Neele avançou para a porta da frente. De soslaio, viu Mary Dove fundir-se discretamente ao fundo e desaparecer. Claramente, não pretendia participar da cena seguinte. Uma notável demonstração de tato e discrição — e também uma notável falta de curiosidade. A maioria das mulheres, julgou o inspetor, teria permanecido...

Ao alcançar à porta da frente, percebeu que o mordomo, Crump, vinha do fundo do salão. Também escutara o carro.

O carro era um Rolls Bentley esportivo coupé. Duas pessoas desceram e se aproximaram da casa. Quando chegaram à porta, ela se abriu. Surpresa, Adele Fortescue encarou o Inspetor Neele.

Ele percebeu de imediato que ela era uma mulher muito bonita, e percebeu também a força do comentário de Mary Dove que tanto o chocara antes. Adele Fortescue *era* um pedaço de mau caminho. Em porte e tipo, lembrava a loira Miss Grosvenor, mas enquanto Miss Grosvenor era toda glamour por fora e respeitabilidade por dentro, Adele Fortescue era glamourosa por completo. Seu apelo não era sútil, era óbvio. Dizia diretamente a todos os homens: "Estou aqui, sou uma mulher." Ela falava, se movia e respirava sexo — ainda assim, seus olhos tinham um ar perspicaz de avaliação. Adele Fortescue, pensou ele, gostava de homens... mas sempre gostaria ainda mais de dinheiro.

Os olhos do inspetor foram para a figura atrás dela, que carregava seus tacos de golfe. Ele conhecia o tipo muito bem. O tipo que se especializou em jovens esposas de velhos ricos. Mr. Vivian Dubois, se fosse esse o nome daquele homem, tinha aquela masculinidade um tanto forçada que, na realidade, não é nada disso. Ele era o tipo de homem que "entende" as mulheres.

— Mrs. Fortescue?

— Sim — Seus olhos eram grandes e azuis. — Mas eu não sei...

— Sou o Inspetor Neele. Receio ter más notícias.

— Quer dizer, um roubo ou algo do tipo?

— Não, nada desse tipo. É sobre seu marido. Ele ficou gravemente doente esta manhã.

— Rex? Doente?

— Estamos tentando contactá-la desde as 11h30.

— Onde ele está? Aqui? Ou no hospital?

— Ele foi levado para o St. Jude's Hospital. Receio que a senhora precise se preparar para um choque.

— O senhor não quer dizer... ele não está... *morto*.

Ela cambaleou um pouco para a frente e agarrou o braço dele. Com a forte sensação de que desempenhava um papel em uma peça de teatro, o inspetor guiou-a até o corredor. Crump assomava ao redor, ansioso.

— Ela vai precisar de conhaque — afirmou ele.

A voz grave do Mr. Dubois confirmou:

— Isso mesmo, Crump. Pegue o conhaque. — Para o inspetor, falou: — Por aqui.

Abriu uma porta à esquerda. A procissão entrou em fila. O inspetor e Adele Fortescue, Vivian Dubois e Crump com uma garrafa e dois copos.

Adele Fortescue afundou em uma poltrona e cobriu os olhos com as mãos. Aceitou o copo oferecido pelo inspetor, deu um pequeno gole e depois o afastou.

— Eu não quero isso — falou. — Estou bem. Mas diga-me, o que foi? Um derrame, suponho? Pobre Rex.

— Não foi um derrame, Mrs. Fortescue.

— Você disse que era um inspetor? — perguntou Mr. Dubois.

Neele se virou para ele.

— Isso mesmo — respondeu em tom agradável. — Inspetor Neele do Departamento de Investigações Criminais.

Seus olhos escuros se encheram de alarme. Mr. Dubois não gostou da presença de um inspetor do DIC. Não gostou nem um pouco.

— O que foi? — perguntou. — Algo errado, hein?

Inconscientemente, ele recuou um pouco em direção à porta. O Inspetor Neele notou o movimento.

— Receio — disse ele à Mrs. Fortescue — que precisará haver um inquérito.

— Um inquérito? Quer dizer... *o que* o senhor quer dizer?

— Temo que tudo isso seja muito angustiante para a senhora, Mrs. Fortescue. — As palavras saíram suavemente. — Mas pareceu aconselhável descobrir o mais rápido possível exatamente o que Mr. Fortescue comeu ou bebeu antes de sair para o escritório esta manhã.

— Quer dizer que ele pode ter sido *intoxicado*?

— Bem, sim, parece que sim.

— Não posso acreditar. Ah... o senhor quer dizer intoxicação *alimentar*.

Sua voz caiu meia oitava nas últimas palavras. Com o rosto impassível, a voz ainda suave, o Inspetor Neele respondeu:

— Senhora? O que você achou que eu quis dizer?

Ela ignorou a pergunta, apressando-se:

— Mas nós estamos bem, todos nós.

— A senhora pode falar por todos os membros da família?

— Bem, não, é claro, eu realmente não posso.

Dubois consultou o relógio com gestos exagerados e falou:

— Preciso ir embora, Adele. Lamento terrivelmente. Você vai ficar bem, não vai? Quero dizer, há as criadas, e a jovem Dove e tudo mais...

— Ah, Vivian, não. Não vá.

Foi um lamento e tanto, e teve um efeito inverso em Mr. Dubois. Sua retirada se acelerou.

— Lamento terrivelmente, minha cara. Compromisso importante. A propósito, estou hospedado na Dormy House, inspetor. Se o senhor... er... precisar de mim para qualquer coisa.

O Inspetor Neele assentiu. Não desejava deter Mr. Dubois. Mas reconheceu o que estava por trás daquela partida: o homem estava fugindo de problemas.

Adele Fortescue disse, em uma tentativa de contornar a situação:

— É um choque e tanto voltar para casa e encontrar a *polícia*.

— Tenho certeza de que deve ser. Mas, veja bem, foi necessário agir de pronto para obter as amostras de alimentos, café, chá etc.

— Café e chá? Mas eles não são venenosos, são? Imagino que tenha sido aquele bacon terrível que comemos vez ou outra. É um tanto intragável às vezes.

— Vamos descobrir, Mrs. Fortescue. Não se preocupe. A senhora ficaria surpresa com algumas coisas que podem acontecer. Uma vez, tivemos um caso de envenenamento por digitálicos. Acabou que folhas de dedaleira foram colhidas por engano em vez de raiz-forte.

— O senhor acha que algo assim poderia acontecer aqui?

— Teremos mais informações após a autópsia, Mrs. Fortescue.

— A autop... oh, entendo. — Ela estremeceu.

O inspetor continuou:

— Há muitos teixos ao redor da casa, não há, senhora? Não existe possibilidade, suponho, de bagas ou folhas terem se misturado a alguma coisa?

Ele a observava de perto. Ela olhou para ele.

— Frutinhas de teixo? São venenosas?

A surpresa lhe pareceu um tanto inocente e de olhos arregalados demais.

— Há casos de crianças que as comeram com resultados desfavoráveis.

Adele levou as mãos à cabeça.

— Não aguento mais falar sobre isso. Eu preciso? Quero ir me deitar. Não aguento mais. Mr. Percival Fortescue providenciará tudo... eu não consigo, não consigo, não é justo me pedir isso.

— Entraremos em contato com Mr. Percival Fortescue o mais rápido possível. Infelizmente, ele está no norte da Inglaterra.

— Ah, sim, eu esqueci.

— Apenas mais uma coisa, Mrs. Fortescue. Havia uma pequena quantidade de grãos no bolso do seu marido. Você saberia me dar uma explicação sobre isso?

Ela balançou a cabeça. Parecia bastante perplexa.

— Alguém poderia ter colocado lá de brincadeira?

— Não vejo por que seria uma piada.

O Inspetor Neele também não via. Ele disse:

— Não vou incomodá-la mais no momento, Mrs. Fortescue. Devo mandar uma das criadas até a senhora? Ou Miss Dove?

— O quê? — A palavra saiu meio vaga.

Ele se perguntou no que ela estava pensando.

Ela mexeu na bolsa e pegou um lenço. Sua voz falhava.

— É tão horrível — disse ela, mexida. — Estou apenas começando a entender. Estava realmente *entorpecida* até agora. Pobre Rex. Pobre Rex.

Ela soluçou de uma maneira quase convincente.

O Inspetor Neele a observou respeitosamente por mais um ou dois minutos.

— Foi muito repentino, eu sei — falou. — Vou mandar alguém até a senhora.

Ele foi em direção à porta, abriu-a e saiu. Então fez uma breve pausa antes de olhar de volta para a sala.

Adele Fortescue ainda segurava o lenço contra os olhos. As pontas pendiam, mas não obscureciam por completo sua boca. Em seus lábios havia um leve sorriso.

Capítulo 8

— Peguei o máximo do que pude, senhor — relatou o Sargento Hay. — A marmelada, um pouco de presunto. Amostras de chá, café e açúcar, por mais que não sejam de grande utilidade. As infusões já foram jogadas fora a essa altura, claro, mas há um detalhe. Sobrou uma boa quantidade de café, que foi servido no salão dos criados às onze... isso é importante, devo dizer.

— Sim, isso é importante. Mostra que, se ele tomou pelo café, precisa ter sido colocado dentro da própria xícara.

— Por um dos presentes. Exatamente. Eu perguntei, com cautela, sobre as coisas do teixo, frutas ou folhas, nada disso foi visto pela casa. Ninguém parece saber nada sobre o cereal em seu bolso... Parece simplesmente uma bobagem para eles. E para mim também. Ele não aparentava ser daqueles que seguem dietas da moda e comem qualquer coisa desde que não esteja cozida. O marido da minha irmã é assim. Cenouras cruas, ervilhas cruas, nabos crus. Mas nem ele come grãos crus. Ora, eu diria que essas coisas inchariam na barriga de um modo horrível.

O telefone tocou e, obedecendo a um aceno de cabeça do inspetor, o Sargento Hay correu para atender. Ao segui-lo, Neele descobriu que era o quartel-general na linha. Mr. Percival Fortescue fora contactado e voltaria imediatamente para Londres.

Quando o inspetor devolveu o telefone ao gancho, um carro parou em frente à casa. Crump foi até a porta e a abriu. A mulher do outro lado estava com os braços cheios de embrulhos. Crump os pegou.

— Obrigado, Crump. Pague o táxi, sim? Vou tomar chá agora. Mrs. Fortescue ou Miss Elaine estão em casa?

O mordomo hesitou, olhando para trás.

— Tivemos más notícias, senhora — anunciou ele. — Sobre o mestre.

— Sobre Mr. Fortescue?

Neele avançou. Crump explicou:

— Esta é Mrs. Percival, senhor.

— O que é isso? O que aconteceu? Um acidente?

O inspetor analisou-a enquanto respondia. Mrs. Percival Fortescue era uma mulher rechonchuda de boca descontente. Calculou ter cerca de 30 anos. Suas perguntas vinham com uma espécie de ansiedade. Ocorreu-lhe que ela devia estar muito entediada.

— Lamento ter de lhe contar que Mr. Fortescue foi levado para o St. Jude's Hospital esta manhã gravemente doente e não resistiu.

— Não resistiu? Quer dizer que ele está morto? — Claramente, a notícia foi ainda mais sensacional do que ela esperava. — Minha nossa, que surpresa. Meu marido está fora. O senhor precisará entrar em contato com ele. Ele está em algum lugar do norte do país. Ouso dizer que saberão informar no escritório. Ele terá que cuidar de tudo. As coisas sempre acontecem nos momentos mais complicados, não é?

Ela fez uma breve pausa, revirando as coisas na mente.

— Suponho que tudo dependa — prosseguiu — de onde farão o funeral. Por essas bandas, imagino. Ou será em Londres?

— Isso caberá à família decidir.

— Claro. Eu só estava pensando. — Pela primeira vez, ela deu conta da presença do homem com quem falava.

— O senhor é do escritório? — perguntou. — Não é médico, é?

— Sou um policial. A morte de Mr. Fortescue foi muito repentina e...

Ela o interrompeu.

— Quer dizer que ele foi *assassinado*?

Foi a primeira vez que tal palavra foi dita. Neele examinou cuidadosamente seu rosto ansioso e questionador.

— E por que a senhora pensaria isso?

— Bem, as pessoas às vezes são. O senhor disse que foi repentino. E é da polícia. Já contou para ela? O que ela disse?

— Não sei muito bem a quem a senhora está se referindo.

— Adele, é claro. Sempre disse a Val que o pai dele era louco por se casar com uma mulher anos mais jovem que ele. Não há maior tolo que um velho tolo. Ficou caidinho por aquela criatura horrível. E agora veja o que aconteceu... Estamos todos metidos em uma bela bagunça. Fotos no jornal e repórteres chegando.

Ela fez uma pausa, obviamente visualizando o futuro em uma série de imagens altamente coloridas. Ele achava que a perspectiva não lhe era totalmente desagradável. Ela se voltou para ele.

— Foi o quê? Arsênico?

Em uma voz repressiva, o Inspetor Neele respondeu:

— A causa da morte ainda não foi determinada. Haverá uma autópsia e um inquérito.

— Mas o senhor já sabe, não é? Ou não viria até aqui.

Seu rosto rechonchudo e um tanto tolo assumiu uma breve expressão de astúcia.

— Andou perguntando sobre o que ele comeu e bebeu, suponho? Jantar ontem à noite. Café da manhã hoje. E todas as bebidas, é claro.

O inspetor podia ver a mente dela listando vividamente todas as possibilidades.

— É possível que a morte de Mr. Fortescue tenha resultado de algo que ele comeu no café da manhã — respondeu ele com cautela.

— Café da manhã? — Ela pareceu surpresa. — Isso é difícil. Eu não vejo como...

Ela fez uma pausa e balançou a cabeça.

— Não imagino como ela poderia ter conseguido, então... a menos que colocasse algo no café, quando eu e Elaine não estávamos olhando...

Uma voz tranquila falou baixinho ao lado deles:

— Seu chá está pronto na biblioteca, Mrs. Val.

Mrs. Val deu um pulo.

— Ah, obrigado, Miss Dove. Sim, uma xícara de chá cairia bem. De fato, estou deveras chocada. E o senhor, inspetor...

— Obrigado, agora não.

A figura rechonchuda hesitou e depois se afastou lentamente.

Quando ela desapareceu por uma porta, Mary Dove murmurou em voz baixa:

— Acho que ela nunca ouviu falar do termo calúnia.

O Inspetor Neele não respondeu.

Mary Dove continuou:

— Posso ajudá-lo em mais alguma coisa?

— Onde posso encontrar a empregada, Ellen?

— Eu vou levá-lo até ela. Acabou de subir.

Ellen mostrou-se severa mas destemida. Seu rosto amargo e velho olhou com triunfo para o inspetor.

— É uma coisa chocante, senhor. Nunca pensei que um dia me encontraria em uma casa onde esse tipo de coisa vem acontecendo. Mas de certa forma não posso dizer que estou surpresa. Eu deveria ter pedido demissão há muito tempo, disso não há dúvida. Não gosto da linguagem que é usada nesta casa, não gosto da quantidade de bebida que é ingerida e não aprovo o que tem acontecido. Não tenho nada contra Mrs. Crump, mas Crump e aquela garota, Gladys, simplesmente não sabem o que é um serviço adequado. Mas é o que está ocorrendo que me incomoda mais.

— Ao que a senhora se refere exatamente?

— Você vai ouvir falar em breve, se é que já não sabe. É o assunto do momento em todo o lugar. Eles já foram vistos em tudo que é canto. Tudo isso enquanto fingem jogar golfe, ou tênis. E eu vi coisas, com meus próprios olhos, nesta casa. A porta da biblioteca estava aberta e lá estavam eles, se beijando e se acariciando.

O veneno da solteirona era mortal. Neele realmente achava desnecessário perguntar "De quem a senhora está falando?", mas perguntou mesmo assim.

— De quem estou falando? Da patroa... e daquele homem. Não tinham vergonha, aqueles dois. Mas se quiser minha opinião, o patrão sabia. Colocou alguém para vigiá-los. Divórcio, é nisso que daria. Em vez disso, chegou a *este ponto*.

— Quando a senhora diz "este ponto", quer dizer...

— O senhor tem feito perguntas sobre o que o mestre comeu e bebeu e quem o serviu. Eles estão juntos, senhor, é o que eu diria. Ele arranjou as coisas em algum lugar e ela deu para o mestre, foi assim, não tenho dúvidas.

— A senhora já viu alguma fruta de teixo na casa, ou jogada fora em qualquer lugar?

Os olhinhos da mulher brilharam com curiosidade.

— Teixo? Malditas coisinhas venenosas. Nunca toque nessas frutinhas, dizia minha mãe quando eu era criança. Foi *isso* que foi usado, senhor?

— Ainda não sabemos o que foi usado.

— Eu nunca a vi mexendo em teixo — Ellen parecia desapontada. — Não, não posso afirmar que já vi algo desse tipo.

Neele a questionou sobre os cereais encontrado no bolso de Fortescue, mas ficou sem resposta outra vez.

— Não, senhor. Não sei nada sobre isso.

Ele passou a outras perguntas, sem nenhum resultado proveitoso. Finalmente, perguntou se poderia falar com Miss Ramsbottom.

Ellen pareceu em dúvida.

— Eu poderia perguntar, mas ela não recebe todo mundo. É uma senhora muito velha, sabe, e um pouco estranha.

O inspetor insistiu, e, de má vontade, Ellen o conduziu por um corredor e subiu um pequeno lance de escadas até o que ele julgou provavelmente ter sido projetado como uma suíte de bebê.

Ele olhou pela janela do corredor enquanto a seguia e viu o Sargento Hay perto do teixo, conversando com um homem que era evidentemente jardineiro.

Ellen bateu em uma porta e, quando recebeu uma resposta, abriu e anunciou:

— Há um policial aqui que gostaria de falar com a senhorita.

A resposta foi aparentemente afirmativa, pois ela recuou e fez um sinal para que Neele entrasse.

A sala em que entrou estava quase fantasticamente superlotada. O inspetor sentiu como se tivesse retrocedido não apenas para a era eduardiana, mas também para a vitoriana. Em uma mesa perto de uma lareira a gás, uma senhora idosa estava sentada jogando paciência. Usava um vestido marrom e tinha o cabelo grisalho ralo penteado para baixo emoldurando o rosto.

Sem olhar para cima ou interromper o jogo, ela disse, impaciente:

— Bem, entre, entre. Sente-se, se quiser.

O convite não foi fácil de aceitar, pois todas as cadeiras pareciam estar cobertas por folhetos ou publicações de natureza religiosa.

Enquanto ele os afastava ligeiramente para se sentar no sofá, Miss Ramsbottom perguntou de modo brusco:

— Interessado pelo trabalho missionário?

— Bem, infelizmente não muito, senhora.

— Errado. Você deveria estar. É aí que está o espírito cristão hoje em dia. No coração da África. Recebi um jovem clérigo aqui na semana passada. Preto como o seu chapéu. Mas um verdadeiro cristão.

O Inspetor Neele achou um pouco difícil saber o que responder.

A velha senhora o desconcertou ainda mais ao declarar com rispidez:

— Eu não tenho um rádio.
— Perdão?
— Ah, pensei que talvez estivesse aqui por causa de alguma licença. Ou um desses formulários idiotas. Bem, homem, o que é?
— Lamento ter de lhe dizer, Miss Ramsbottom, que seu cunhado, Mr. Fortescue, adoeceu repentinamente e morreu esta manhã.

Miss Ramsbottom continuou com seu jogo de paciência sem qualquer sinal de perturbação, apenas comentando de modo casual:
— Afinal abatido por sua arrogância e orgulho pecaminoso. Bem, uma hora viria.
— Imagino que não seja um choque para a senhora?

Obviamente não era, mas o inspetor queria ouvir sua resposta.

Miss Ramsbottom lançou-lhe um olhar penetrante por cima dos óculos e disse:
— Se quer dizer que não estou perturbada, está certo. Rex Fortescue sempre foi um homem pecador e eu nunca gostei dele.
— A morte dele foi muito repentina...
— Como convém ao ímpio — afirmou a senhora com satisfação.
— É possível que ele tenha sido envenenado...

O inspetor fez uma pausa para observar o efeito da declaração.

Não pareceu ter havido nenhum. Miss Ramsbottom apenas murmurou:
— Sete vermelho no oito preto. Agora eu posso mover o Rei.

Aparentemente impressionada com o silêncio do inspetor, ela parou com um cartão na mão e disse com rispidez:
— Bem, o que esperava que eu dissesse? Eu não o envenenei, se é isso o que quer saber.
— A senhora tem alguma ideia de quem pode ter feito isso?

— Essa é uma pergunta muito inadequada — respondeu a velha senhora com severidade. — Moram nesta casa dois filhos da minha falecida irmã. Recuso-me a acreditar que qualquer pessoa com sangue Ramsbottom possa ser culpada de assassinato. Porque está se referindo a um assassinato, não está?

— Eu não disse isso, senhora.

— Claro que é assassinato. Muitas pessoas já quiseram matar Rex. Um homem sem escrúpulos. E pecados antigos projetam sombras longas, já diz o ditado.

— A senhora tem em mente alguém em particular?

Miss Ramsbottom pegou as cartas e se levantou. Era uma mulher alta.

— Acho melhor o senhor ir agora — declarou ela.

Ela falou sem raiva, mas com uma espécie de finalidade fria.

— Se quer minha opinião — continuou ela —, provavelmente foi um dos serviçais. O mordomo me parece um tanto patife, e aquela copeira é definitivamente parva. Boa noite.

O Inspetor Neele saiu andando mansamente. Com certeza uma velha notável. Não havia nada a ser arrancado dela.

Ele desceu as escadas para o corredor quadrado e de repente se viu cara a cara com uma garota alta e morena. Ela usava uma capa de chuva úmida e o encarava com uma expressão vaga e curiosa.

— Acabei de voltar — disse ela. — Já me contaram... sobre papai... que ele está morto.

— Receio que seja verdade.

Ela estendeu a mão para trás como se procurasse apoio cegamente. Tocou um baú de carvalho e devagar, com rigidez, se sentou nele.

— Ah, não — disse ela. — Não...

Lentamente, duas lágrimas escorreram por seu rosto.

— É horrível — continuou ela. — Eu nem pensei que gostasse dele... Pensei que o odiasse... Mas não pode ser o caso, ou eu não me importaria. E eu me importo.

Ela ficou parada, olhando à frente, e novamente as lágrimas abriram caminho de seus olhos e pelo rosto.

Logo ela falou de novo, quase sem fôlego:

— O terrível é que isso faz tudo dar certo. Quer dizer, Gerald e eu podemos nos casar agora. Posso fazer tudo o que quero. Mas odeio que aconteça assim. Não queria que meu pai estivesse morto... Ah, não mesmo. Ah papai, papai...

Pela primeira vez desde que chegara ao Chalé dos Teixos, o Inspetor Neele foi surpreendido pelo que parecia ser um sofrimento genuíno pelo morto.

Capítulo 9

— Parece que foi a esposa, para mim — afirmou o comissário assistente. Ele tinha ouvido atentamente o relatório do inspetor Neele.

Foi um resumo admirável do caso. Curto, mas sem deixar de fora nenhum detalhe relevante.

— Sim — repetiu o comissário assistente. — Parece que foi a esposa. O que você acha, hein, Neele?

O Inspetor Neele respondeu que pensava o mesmo. Refletiu cinicamente que em geral a culpada era a esposa, ou o marido, conforme o caso.

— Ela teve a oportunidade sem dúvida. E o motivo? — O comissário assistente fez uma pausa. — *Existe* um motivo?

— Ah, acho que sim, senhor. Este Mr. Dubois, sabe.

— Acha que ele participou?

— Não, eu não diria isso, senhor. — O Inspetor Neele avaliou a possibilidade. — Gosta demais de sua própria pele para isso. Ele pode ter imaginado o que ela estava planejando, mas não acho que tenha instigado.

— Não, muito cuidadoso.

— Cuidadoso demais.

— Bem, não devemos tirar conclusões precipitadas, mas parece uma boa hipótese. E quanto aos outros dois que tiveram oportunidade?

— A filha e a nora. A filha estava envolvida com um jovem com quem seu pai não queria que ela se casasse. E ele definitivamente não se casaria com ela a menos que ela tivesse dinheiro. Isso lhe dá um motivo. Quanto à nora, prefiro não opinar. Não sei o suficiente sobre ela ainda. Mas qualquer uma das três poderia tê-lo envenenado, e não vejo como outra pessoa poderia fazê-lo. A copeira, o mordomo, o cozinheiro, todos prepararam ou serviram o café da manhã, mas não vejo como algum deles poderia ter certeza de que o próprio Fortescue tomaria a taxina e mais ninguém. Isto é, se foi *mesmo* taxina.

— Foi taxina mesmo — confirmou o comissário assistente. — Acabei de receber o relatório preliminar.

— Está resolvido, então — disse o Inspetor Neele. — Podemos seguir adiante.

— Os serviçais pareciam decentes?

— O mordomo e a copeira pareciam nervosos. Não há nada incomum nisso. Acontece com frequência. A cozinheira estava muito brava, e a empregada, morbidamente satisfeita. Na verdade, tudo muito natural e normal.

— Não há mais ninguém que você considere suspeito de alguma forma?

— Não, acho que não, senhor. — Involuntariamente, a mente do Inspetor Neele voltou para Mary Dove e seu sorriso enigmático. Certamente houvera um ar tênue, mas definitivo, de antagonismo. Em voz alta, concluiu: — Agora que sabemos que é taxina, devemos conseguir alguma evidência de como foi obtida ou preparada.

— Isso mesmo. Bem, vá em frente, Neele. A propósito, Mr. Percival Fortescue já voltou. Troquei uma ou duas palavras com ele, que está esperando para ver você. Localizamos o outro filho também. Está em Paris, no Bristol, saindo hoje. Você vai encontrá-lo no aeroporto, suponho?

— Sim, senhor. Esse era meu plano...

— Bem, é melhor você ver Percival Fortescue agora. — O comissário assistente riu. — Percy Pretensioso, é o que ele é.

Mr. Percival Fortescue era um homem elegante, de pele clara, uns trinta e poucos anos, cabelos e cílios claros e um jeito de falar ligeiramente pedante.

— A notícia foi um choque terrível para mim, Inspetor Neele, como o senhor bem pode imaginar.

— Imagino, Mr. Fortescue — respondeu o inspetor.

— Só posso dizer que meu pai estava perfeitamente bem quando saí de casa anteontem. Essa intoxicação alimentar, ou seja lá o que for, deve ter sido muito repentina, não?

— Foi muito repentino, sim. Mas não foi uma intoxicação alimentar, Mr. Fortescue.

Percival o encarou e franziu a testa.

— Não? Então é por isso... — Ele hesitou.

— Seu pai — disse o Inspetor Neele — foi envenenado pela administração da taxina.

— Taxina? Nunca ouvi falar disso.

— Pouquíssimas pessoas ouviram, suponho. É um veneno que faz efeito de modo muito repentino e drástico.

A carranca se aprofundou.

— O senhor está me dizendo, inspetor, que meu pai foi deliberadamente envenenado por alguém?

— Parece que sim, senhor.

— Isso é terrível!

— Sim, certamente, Mr. Fortescue.

Percival murmurou:

— Agora entendi a atitude deles lá no hospital... pedindo que eu viesse aqui. — Depois de uma pausa, continuou, em tom interrogativo: — E o funeral?

— O inquérito está marcado para amanhã, após a autópsia. Porém o processo é mera formalidade, pois será adiado.

— Compreendo. Geralmente esse é o caso?

— Sim, senhor. Hoje em dia.

— Posso perguntar se o senhor tem alguma ideia, alguma suspeita de quem poderia... Sério, eu... — Ele hesitou mais uma vez.

— É muito cedo para isso, Mr. Fortescue — murmurou Neele.

— Sim, acho que sim.

— Mesmo assim, seria útil para nós, Mr. Fortescue, se pudesse nos dar uma ideia das disposições testamentárias de seu pai. Ou talvez o senhor possa me colocar em contato com seu advogado.

— Seus advogados são Billingsby, Horsethorpe & Walters, de Bedford Square. No que diz respeito ao testamento dele, acho que posso lhe dizer mais ou menos suas principais disposições.

— Se puder fazer a gentileza, Mr. Fortescue. É uma rotina que precisa ser cumprida, infelizmente.

— Meu pai fez um novo testamento por ocasião de seu casamento, há dois anos — afirmou Percival com precisão. — Deixou a soma de 100 mil libras para a esposa e 50 mil para minha irmã, Elaine. Eu sou legatário do restante. Já sou, é claro, um sócio da empresa.

— Não foi deixada nenhuma herança a seu irmão, Lancelot Fortescue?

— Não, meu pai e meu irmão se afastaram há muito tempo.

Neele lançou-lhe um olhar penetrante, mas Percival parecia bastante seguro de sua declaração.

— Então, de acordo com o testamento — disse o Inspetor Neele —, as três pessoas que têm a ganhar são Mrs. Fortescue, Miss Elaine Fortescue e o senhor?

— Não acho que ganharei muito. — Percival suspirou. — Existem deveres de morte, o senhor sabe, inspetor. E, ultimamente, meu pai tem sido... Bem, tudo que posso dizer é que ele foi muito imprudente em algumas de suas transações financeiras.

— O senhor e seu pai têm se desentendido ultimamente sobre a condução dos negócios? — O Inspetor Neele lançou a pergunta de maneira cordial.

— Eu expus meu ponto de vista para ele, mas infelizmente... — Percival deu de ombros.

— Expôs com veemência, não foi? — perguntou Neele. — Na verdade, para ser mais direto, houve uma grande briga sobre o assunto, não foi?

— Eu dificilmente usaria tais palavras, inspetor. — Um rubor de aborrecimento subiu até a testa de Percival.

— Talvez a discussão dos senhores tenha sido sobre algum outro assunto, Mr. Fortescue?

— Não houve discussão, inspetor.

— Tem certeza, Mr. Fortescue? Bem, não importa. Pelo que eu entendi, seu pai e seu irmão continuam afastados?

— Isso mesmo.

— Então talvez o senhor possa me explicar isso?

Neele entregou-lhe a mensagem que Mary Dove havia anotado.

Percival leu e soltou uma exclamação de surpresa e aborrecimento. Parecia igualmente incrédulo e zangado.

— Não consigo entender, realmente não consigo. Mal posso acreditar.

— Contudo, parece ser verdade, Mr. Fortescue. Seu irmão está chegando de Paris hoje.

— Mas é inacreditável, bastante inacreditável. Não, eu realmente não *consigo* entender.

— Seu pai não lhe disse nada sobre isso?

— Certamente *não*. Que ultrajante da parte dele. Ir pelas minhas costas e chamar Lance.

— O senhor não tem ideia, suponho, de *por que* ele fez tal coisa?

— Claro que não. Mas está bem compatível com o comportamento dele ultimamente... Louco! Inexplicável. Precisa ser interrompido... Eu...

Percival parou de repente. A cor sumiu de seu rosto pálido.

— Eu esqueci — prosseguiu ele. — Por um momento, esqueci que meu pai estava morto...

O Inspetor Neele balançou a cabeça com compaixão.

Percival Fortescue preparou-se para partir. Ao pegar o chapéu, disse:

— Pode me chamar se eu puder ajudar de alguma forma. Mas suponho que — ele fez uma pausa — o senhor vá descer até o Chalé dos Teixos?

— Sim, Mr. Fortescue, tenho um encarregado lá agora.

Percival estremeceu de maneira melindrosa.

— Vai ser tudo muito desagradável. Pensar que tal coisa possa acontecer conosco...

Ele suspirou e seguiu para a porta.

— Passarei a maior parte do dia no escritório. Há muito a ser resolvido por aqui. Mas descerei para o Chalé dos Teixos esta noite.

— Muito bem, senhor.

Percival Fortescue saiu.

— Percy Pretensioso — murmurou Neele.

O Sargento Hay, que encontrava-se sentado discretamente perto da parede, olhou para cima e disse "senhor?".

Como Neele não respondeu, ele perguntou:

— O que o senhor acha de tudo isso?

— Não sei — disse Neele. E citou em voz baixa: — "São todos muito desagradáveis".

O Sargento Hay pareceu um tanto confuso.

— *Alice no País das Maravilhas* — explicou Neele. — Nunca leu *Alice*, Hay?

— É um clássico, não é, senhor? — disse Hay. — Coisas da Rádio 3. Eu não escuto a Rádio 3.

Capítulo 10

Cerca de cinco minutos após deixar Le Bourget, Lance Fortescue abriu seu exemplar do *Continental Daily Mail*. Um ou dois minutos depois, deixou escapar uma exclamação assustada. Pat, sentada ao seu lado, virou a cabeça com uma expressão interrogativa.

— É o velho — disse Lance. — Ele morreu.

— Morreu! Seu pai?

— Sim, parece que passou mal repentinamente no escritório, foi levado para o St. Jude's Hospital e morreu lá logo em seguida.

— Querido, sinto muito. Foi o quê, um derrame?

— Imagino que sim. É o que parece.

— Ele já tinha sofrido um derrame antes?

— Não. Não que eu saiba.

— Pensei que as pessoas nunca morressem de um primeiro derrame.

— Coitadinho — disse Lance. — Nunca pensei que gostasse muito dele, mas de alguma forma, agora que está morto...

— Claro que você gostava dele.

— Nem todos temos a sua natureza bondosa, Pat. Bem, parece que minha sorte acabou de novo, não é?

— Sim. É estranho que isso tenha acontecido agora. Bem quando você estava prestes a voltar para casa.

Ele virou-se bruscamente para ela.

— Estranho? O que quer dizer com estranho, Pat?

Ela o olhou com leve surpresa.

— Bem, é meio que uma coincidência.

— Você quer dizer que tudo o que eu planejo dá errado?

— Não, querido, não quis dizer isso. Mas existem coisas como uma maré de azar.

— Sim, suponho que sim.

— Sinto muito — disse Pat novamente.

Quando chegaram a Heathrow e esperavam para desembarcar, um funcionário da companhia aérea perguntou em voz clara:

— Mr. Lancelot Fortescue está a bordo?

— Aqui — disse Lance.

— Pode vir por aqui, Mr. Fortescue.

Lance e Pat o seguiram para fora do avião, precedendo os outros passageiros. Ao passarem por um casal no último assento, ouviram o homem sussurrar para a esposa:

— Contrabandistas conhecidos, imagino. Pegos em flagrante.

— É inacreditável — comentou Lance. — Muito inacreditável.

Ele olhou para o Inspetor Neele do outro lado da mesa.

O inspetor acenou com a cabeça em compaixão.

— Taxina... frutinhas de teixos... A coisa toda parece um melodrama. Arrisco dizer que esse tipo de acontecimento deve ser bastante comum para o senhor, inspetor. Um dia de trabalho normal. Mas um envenenamento, em nossa família, parece absurdamente implausível.

— O senhor não tem ideia, então — perguntou o Inspetor Neele —, de quem pode ter envenenado seu pai?

— Meu Deus, não. Imagino que o velho tenha feito muitos inimigos nos negócios, muitas pessoas que gostariam de esfolá-lo vivo, levá-lo à falência, todo esse tipo de coisa. Mas envenenamento? De qualquer forma, eu não estaria a par. Passei muitos anos no exterior e sei pouquíssimo sobre o que anda acontecendo em casa.

— Isso é de fato o que eu queria lhe perguntar, Mr. Fortescue. Fiquei sabendo pelo seu irmão que houve um afastamento entre o senhor e seu pai que durou muitos anos. Gostaria de me contar as circunstâncias que o levaram a voltar para casa neste momento?

— Certamente, inspetor. Tive notícias de meu pai, deixe-me ver, deve ter sido há cerca de... sim, seis meses. Foi logo depois do meu casamento. Meu pai escreveu e deu a entender que gostaria de deixar o passado para trás. Sugeriu que eu voltasse para casa e entrasse na empresa. Foi bastante vago em seus termos, e eu não tinha certeza de que queria aceitar seu pedido. De qualquer forma, o resultado foi que vim para a Inglaterra no último... sim, em agosto passado, cerca de três meses atrás. Desci para vê-lo no Chalé dos Teixos e ele me fez, devo admitir, uma oferta muito vantajosa. Eu respondi que precisaria pensar e consultar minha esposa. Ele entendeu perfeitamente. Então voei de volta para a África Oriental, conversei com Pat. O resultado foi que decidi aceitar a oferta do velho. Tive de encerrar meus negócios lá, mas concordei em fazê-lo antes do final do mês passado. Falei a ele que lhe enviaria a data certa de minha chegada na Inglaterra.

O Inspetor Neele tossiu.

— Sua chegada parece ter causado alguma surpresa em seu irmão.

Lance abriu um sorriso repentino. Seu rosto bastante atraente se iluminou com uma expressão de pura travessura.

— Não creio que o velho Percy soubesse de nada sobre isso — contou ele. — Ele estava de férias na Noruega na época. Se quer minha opinião, o velho escolheu aquela data específica de propósito. Estava agindo pelas costas de Percy. Na verdade, tenho uma suspeita muito perspicaz de que a oferta que meu pai me fez foi motivada pela briga estrondosa que teve com o pobre Percy, ou Val, como ele prefere ser chamado. Val, eu acho, estava mais ou menos tentando comandar o velho. Bem, o velho nunca toleraria nada desse tipo. Não sei exatamente o motivo da briga, mas ele estava furioso. E penso que achou uma ideia muito boa me levar até lá e, assim, arruinar os planos do pobre velho Val. Por um lado, ele nunca gostou muito da esposa de Percy e estava bastante satisfeito, de uma forma esnobe, com meu casamento. Seria apenas sua ideia de uma boa piada me levar para casa e de repente confrontar Percy com o fato consumado.

— Quanto tempo o senhor ficou no Chalé dos Teixos nessa ocasião?

— Ah, não mais que uma ou duas horas. Ele não me convidou para passar a noite. A ideia toda, tenho certeza, foi uma espécie de ofensiva secreta pelas costas de Percy. Eu acho que ele não queria nem que os criados comentassem. Como falei, terminei a reunião declarando que pensaria a respeito, conversaria com Pat e, em seguida, escreveria a ele minha decisão, o que fiz. Escrevi notificando a data aproximada de minha chegada, e enfim lhe enviei um telegrama ontem de Paris.

O Inspetor Neele assentiu.

— Um telegrama que pegou o seu irmão de surpresa.

— Aposto que sim. No entanto, como de costume, Percy venceu. Cheguei tarde demais.

— Sim — concordou o Inspetor Neele, pensativo. — O senhor chegou tarde demais. — Então prosseguiu subitamente: — Na ocasião de sua visita em agosto passado, o senhor encontrou algum outro membro da família?

— Minha madrasta estava na hora do chá.

— Você não a conhecia até então?

— Não. — Ele sorriu de repente. — O velho certamente sabia escolhê-las. Ela deve ser pelo menos trinta anos mais jovem que ele.

— Perdoe-me a pergunta, mas o senhor se ressentiu com o novo casamento de seu pai, ou talvez seu irmão tenha se ressentido?

Lance pareceu surpreso.

— Eu certamente não, e acho que Percy tampouco. Afinal, nossa própria mãe morreu quando tínhamos cerca de, ah, 10, 12 anos. O que realmente me surpreende é que o velho não tenha se casado de novo antes.

O Inspetor Neele murmurou:

— Pode ser considerado um risco se casar com uma mulher muito mais jovem.

— Meu querido irmão lhe disse isso? É a cara dele. Percy é um grande mestre na arte da insinuação. É esse o cenário, inspetor? Minha madrasta é suspeita de envenenar meu pai?

O Inspetor Neele assumiu uma expressão vaga.

— É cedo para ter ideias definitivas sobre qualquer coisa, Mr. Fortescue — respondeu ele em tom agradável. — Agora, posso perguntar quais são seus planos?

— Planos? — Lance considerou a questão. — Precisarei fazer novos planos, suponho. Onde está a família? Todos no Chalé dos Teixos?

— Sim.

— É melhor eu seguir para lá imediatamente. — Ele se virou para a esposa. — É melhor você ir para um hotel, Pat.

Ela protestou na mesma hora.

— Não, não, Lance, vou com você.

— Não, querida.

— Mas eu quero.

— De verdade, eu preferia que você não o fizesse. Fique no... Ah, faz tanto tempo que não me hospedo em Londres... Barnes's. O Barnes's Hotel costumava ser um lugar agradável e tranquilo. Ainda está assim, suponho?

— Ah, sim, Mr. Fortescue.

— Certo, Pat. Eu a acomodarei lá se eles tiverem um quarto, então descerei para o Chalé dos Teixos.

— Mas por que não posso ir com você, Lance?

O rosto de Lance assumiu repentinamente um ar sombrio.

— Para ser franco, Pat, não tenho certeza de que sou bem-vindo. Foi meu pai quem me convidou, mas ele está morto. Não sei a quem o lugar pertence agora. Percy, suponho, ou talvez Adele. De qualquer forma, gostaria de ver como serei recebido antes de levá-la. Além disso...

— Além disso o quê?

— Eu não quero te levar para uma casa onde há um envenenador solto.
— Ora, que bobagem.
Lance respondeu com firmeza:
— No que diz respeito a você, Pat, não correrei riscos.

Capítulo 11

Mr. Dubois estava aborrecido. Rasgou a carta de Adele Fortescue com raiva e a jogou na cesta de lixo. Então, com repentina cautela, pescou os vários pedacinhos, riscou um fósforo e os observou queimar até virarem cinzas. Murmurou baixinho:

— Por que as mulheres são tão tolas? Ao menos um pouco de bom senso... — Mas até aí, refletiu Mr. Dubois sombriamente, as mulheres nunca tiveram qualquer bom senso. Embora ele tivesse lucrado com essa ausência muitas vezes, agora o irritava. Ele tomara todas as precauções. Se Mrs. Fortescue telefonasse, tinham instruções para dizer que ele saíra. Adele Fortescue já telefonara para ele três vezes, e agora escrevera. No geral, escrever era muito pior. Ele refletiu por um ou dois momentos, depois foi ao telefone.

— Posso falar com Mrs. Fortescue, por favor? Sim, Mr. Dubois. — Um ou dois minutos depois, ele ouviu a voz dela.

— Vivian, finalmente!

— Sim, sim, Adele, mas tenha cuidado. De onde está falando?

— Da biblioteca.

— Tem certeza de que ninguém está ouvindo, no corredor?

— Por que ouviriam?

— Bem, nunca se sabe. A polícia ainda está pela casa?

— Não, eles se foram por enquanto, pelo menos. Ah, Vivian querido, está sendo *horrível*.

— Sim, sim, tenho certeza. Mas me escute, Adele, precisamos ter cuidado.

— Ah, é claro, querido.

— Não me chame de querido pelo telefone. Não é seguro.

— Você não está exagerando, Vivian? Afinal, todo mundo se chama de querido hoje em dia.

— Sim, sim, isso lá é verdade. Mas ouça. *Não me telefone e não escreva.*

— Mas, Vivian...

— É apenas por um tempo. Temos que ser cuidadosos.

— Ah. Tudo bem. — Sua voz soou ofendida.

— Adele, ouça. As cartas que te mandei. Você as queimou, não foi?

Houve uma hesitação momentânea antes de Adele Fortescue responder:

— Claro. Eu disse que o faria.

— Muito bem, então. Bem, vou desligar agora. Não telefone e não escreva. Você receberá notícias minhas quando for uma boa hora.

Ele devolveu o fone ao gancho. Acariciou a bochecha pensativamente. Não gostou daquele momento de hesitação. Será que Adele queimara mesmo as cartas? Mulheres são todas iguais. Prometem queimar coisas e depois não o fazem.

Cartas, pensou Mr. Dubois. As mulheres sempre querem que você escreva cartas para elas. Ele tentava ser cuidadoso, mas às vezes não dava para escapar. O que disse exatamente nas poucas cartas que escreveu para Adele Fortescue? Era a conversa fiada de sempre, pensou, soturno. Mas havia palavras especiais — frases especiais que a polícia poderia distorcer para fazer significar o que eles queriam que significasse? Ele se lembrou do caso Edith Thompson. Suas cartas eram bastante inocentes, pensou, mas não tinha certeza. Sua inquietação cresceu. Mesmo se Adele já não tivesse queimado suas cartas, ela teria o bom senso de queimá-las agora? Ou a polícia já as encontrara? Onde ela as mantinha?, ele se perguntou. Provavelmente naquela sala lá em cima. Aquela escrivaninha barata, provavelmente falsificação do estilo Luís XIV. Ela comentara com ele uma vez sobre uma gaveta secreta no móvel. Gaveta secreta! Isso não enganaria a polícia por muito tempo. Mas não havia policiais na casa agora. Ela disse isso. Eles estiveram lá naquela manhã e agora todos haviam partido.

Até agora eles provavelmente estiveram ocupados procurando por possíveis fontes de veneno na comida. Não teriam, ele esperava, feito uma busca de cômodo em cômodo da casa. Talvez precisassem pedir permissão ou obter um mandado de busca para fazer isso. Era possível que, se ele agisse logo, de uma vez...

Ele visualizou claramente a casa em sua mente. Estaria perto do anoitecer. O chá seria servido na biblioteca ou na sala de visitas. Todos estariam reunidos no andar de baixo, e os criados tomariam chá no salão dos criados. Não haveria ninguém lá em cima, no primeiro andar. É fácil subir pelo jardim, contornando as sebes de teixo que proporcionam um esconderijo admirável. Depois, havia a portinha lateral que dava para o terraço. Ela nunca era trancada até pouco antes da hora de dormir. Seria possível entrar de fininho por ali e, no momento certo, subir as escadas.

Vivian Dubois considerou com muito cuidado o que deveria fazer a seguir. Se a morte de Fortescue fosse atribuída a uma convulsão ou derrame, como certamente devia ter sido, a situação seria muito diferente. Do jeito que estava... Dubois murmurou baixinho:

— Melhor prevenir do que remediar.

Mary Dove desceu lentamente a grande escadaria. Parou por um momento na janela do meio patamar, de onde vira o Inspetor Neele chegar no dia anterior. Agora, enquanto olhava para a luz poente lá fora, percebeu a figura de um homem desaparecendo para o outro lado da cerca viva de teixo. Ela se perguntou se seria Lancelot Fortescue, o filho pródigo. Talvez tivesse dispensado o carro no portão e estivesse vagando pelo jardim, relembrando os velhos tempos antes de enfrentar uma família possivelmente hostil. Mary Dove sentia certa simpatia por Lance. Com um leve sorriso nos lábios, desceu as escadas. No corredor encontrou Gladys, que deu um pulo nervoso ao vê-la.

— Isso que ouvi agora foi o telefone? — perguntou Mary. — Quem era?

— Ah, foi engano. Pensaram que fôssemos da lavanderia — Gladys parecia sem fôlego e bastante apressada. — E, antes disso, era Mr. Dubois. Queria falar com a patroa.

— Entendo.

Mary atravessou o corredor. Virando a cabeça, ela disse:

— Acho que está na hora do chá. Você ainda não o serviu?

— Acho que ainda não são 16h30, não é, senhorita? — respondeu Gladys.

— São 16h40. Traga agora, sim?

Mary Dove entrou na biblioteca, onde Adele Fortescue, sentada no sofá, olhava para o fogo e mexia em um pequeno lenço de renda. A senhora perguntou, preocupada:

— Onde está o chá?

— Já está vindo — disse Mary Dove.

Um pedaço de lenha havia caído da lareira, e Mary Dove se ajoelhou diante da grade e o colocou de volta com a tenaz, acrescentando outro pedaço de madeira e um pouco de carvão.

Gladys foi para a cozinha, onde Mrs. Crump ergueu o rosto vermelho e irado da mesa em que misturava massa em uma tigela grande.

— O sino da biblioteca está tocando sem parar. Já passou da hora de você levar o chá, minha jovem.

— Tudo bem, tudo bem, Mrs. Crump.

— Crump vai me ouvir esta noite — murmurou Mrs. Crump. — Vou dizer umas poucas e boas.

Gladys entrou na despensa. Ela não tinha preparado nenhum sanduíche. Bem, ela é que não faria isso. Eles já tinham muito o que comer sem os sanduíches, não tinham? Dois bolos, biscoitos, *scones* e mel. Manteiga de fazenda fresca, vinda do mercado clandestino. Já era o bastante sem que ela precisasse se dar ao trabalho de preparar sanduíches de tomate ou *foie gras*. Ela tinha outras coisas na cabeça. Mrs. Crump estava de mau humor, tudo porque Mr. Crump tinha saído aquela tarde. Bem, era seu dia de folga, não era? Muito certo da parte dele, pensou Gladys. Mrs. Crump gritou da cozinha:

— A chaleira está fervendo loucamente. Você nunca vai fazer esse chá?

— Agora mesmo.

Ela jogou um pouco de chá no grande bule de prata sem medir, levou-o para a cozinha e derramou a água fervente sobre ele. Colocou o bule e a chaleira na grande bandeja de prata e levou tudo para a biblioteca, onde a colocou na mesinha perto do sofá. Então voltou apressada para buscar a outra bandeja, com as comidas. Estava no corredor quando o súbito barulho do relógio de pêndulo se preparando para bater a fez pular.

Na biblioteca, Adele Fortescue perguntou em tom queixoso a Mary Dove:

— *Onde* está todo mundo esta tarde?

— Eu realmente não sei, Mrs. Fortescue. Miss Fortescue chegou há algum tempo. Acho que Mrs. Percival está escrevendo cartas em seu quarto.

— Escrevendo cartas, escrevendo cartas — repetiu Adele com ironia. — Essa mulher nunca para de escrever cartas. É como todas as pessoas de sua classe. Sente absoluto prazer na morte e no infortúnio. Macabro, é como eu chamo. Absolutamente macabro.

— Vou avisá-la de que o chá está pronto — murmurou Mary com tato.

No caminho para a porta, ela recuou um pouco para Elaine Fortescue entrar. Elaine disse:

— Que frio. — E desabou perto da lareira, esfregando as mãos diante do calor.

Mary parou por um momento no corredor. Havia uma grande bandeja com bolos sobre um dos baús. Como já estava escurecendo, Mary acendeu a luz. Ao fazê-lo, pensou ter escutado Jennifer Fortescue caminhando pelo corredor no andar de cima. Contudo, ninguém desceu, e Mary subiu a escadaria e seguiu pelo corredor.

Percival Fortescue e sua esposa ocupavam uma suíte independente em uma ala da casa. Mary deu leves batidinhas na porta da sala de estar. Mrs. Percival gostava que batessem na porta bem de leve, um fato que sempre despertava o desprezo de Crump por ela. Sua voz ordenou energicamente:

— Entre.

Mary abriu a porta e murmurou:

— O chá já está vindo, Mrs. Percival.

Ficou bastante surpresa ao ver Jennifer Fortescue vestida com roupas de passeio. A mulher terminava de despir um longo casaco de pelo de camelo.

— Eu não sabia que a senhora tinha saído — comentou Mary.

Mrs. Percival pareceu um pouco sem fôlego.

— Ah, eu estava no jardim, só isso. Apenas pegando um pouco de ar. Mas estava muito frio. Ficarei feliz em ir até a lareira. O aquecimento central aqui não é tão bom quanto poderia. Alguém deve falar com os jardineiros sobre isso, Miss Dove.

— Farei isso — prometeu Mary.

Jennifer Fortescue largou o casaco em uma cadeira e seguiu Mary para fora da sala. Ela desceu a escada antes de Mary, que recuou um pouco para deixá-la ir na frente. No corredor, para sua surpresa, Mary notou que a bandeja com comida continuava ali. Estava prestes a seguir para a despensa e chamar Gladys quando Adele Fortescue apareceu na porta da biblioteca e perguntou, com uma voz irritada:

— Não vamos ter nada para comer com o chá?

Rapidamente, Mary pegou a bandeja e levou-a para a biblioteca, colocando os diversos itens em mesas baixas perto da lareira. Carregava a bandeja vazia de volta pelo corredor quando a campainha da porta da frente tocou. Deixando a bandeja de lado, ela mesma foi atender. Se fosse finalmente o filho pródigo, ela estava bastante curiosa para vê-lo. "Que diferente do resto dos Fortescue", pensou Mary ao abrir a porta e olhar para o rosto magro e moreno e a boca retorcida com ar curioso. A governanta perguntou baixinho:

— Mr. Lancelot Fortescue?

— O próprio.

Mary espiou para além dele.

— Sua bagagem?

— Mandei o táxi embora. Isso é tudo que tenho.

Ele pegou uma bolsa de viagem de tamanho médio. Com um leve sentimento de surpresa, Mary comentou:

— Ah, então o senhor veio de táxi. Achei que talvez tivesse chegado a pé. E sua esposa?

Com o rosto contraído em uma expressão bastante sombria, Lance respondeu:

— Minha esposa não virá. Ao menos, não agora.

— Compreendo. Por favor, venha por aqui, Mr. Fortescue. Todos estão na biblioteca, tomando chá.

Ela o levou até a porta da biblioteca e o deixou ali. Pensou que Lancelot Fortescue era uma pessoa muito atraente. Um segundo pensamento seguiu o primeiro. Provavelmente muitas outras mulheres achavam o mesmo.

— Lance!

Elaine se aproximou correndo. Ela abraçou seu pescoço com uma empolgação de colegial que Lance achou bastante surpreendente.

— Olá. Aqui estou.

Ele se desvencilhou delicadamente.

— Esta é Jennifer?

Jennifer Fortescue olhou para ele com grande curiosidade.

— Receio que Val tenha ficado preso na cidade — disse ela. — Há tanto para resolver, sabe. Todos os arranjos a fazer e tudo o mais. Claro que tudo depende de Val. Ele tem que cuidar *de tudo*. Você realmente não tem ideia do que estamos passando.

— Deve ser terrível para você — respondeu Lance, sério. Ele se virou para a mulher no sofá, que estava sentada com um pedaço de *scone* e mel na mão, avaliando-o em silêncio.

— Claro — falou Jennifer —, você não conhece Adele, conhece?

— Ah, sim, conheço — murmurou Lance ao pegar a mão de Adele Fortescue. Quando ele a olhou, ela piscou levemente. Então largou o *scone* que estava comendo com a mão esquerda e apenas tocou o arranjo de seu cabelo. Era um gesto feminino. Marcava que estava ciente de que um homem apresentável entrara no cômodo. Ela falou em sua voz densa e suave:

— Sente-se aqui no sofá ao meu lado, Lance. — Ela serviu uma xícara de chá para ele. — Estou tão feliz por você ter vindo. Precisamos urgentemente de outro homem em casa.

— Você deve me deixar fazer tudo que posso para ajudar — declarou Lance.

— Você sabe, ou talvez não saiba, a polícia esteve aqui. Eles pensam, eles pensam... — Ela se interrompeu e bradou, emocionada: — Ah, é horrível! Horrível!

— Eu sei. — Lance estava sério e empático. — Na verdade, eles me encontraram no aeroporto de Londres.

— A polícia encontrou você?

— Sim.

— O que disseram?

— Bem... — Lance adotou um tom de desaprovação: — Eles me contaram o que aconteceu.

— Ele foi intoxicado — afirmou Adele. — É isso que pensam, o que dizem. Não uma intoxicação alimentar. Uma intoxicação por veneno, feita por alguém. Eu acredito, eu realmente acredito que eles pensem que foi um de nós.

· UMA PORÇÃO DE CENTEIO ·   **83**

Lance deu um súbito sorrisinho.

— Isso é com eles — respondeu, reconfortante. — Não adianta ficarmos preocupados. Que chá delicioso! Faz muito tempo que não vejo um bom chá inglês.

Os outros logo seguiram seu humor. Adele perguntou de repente:

— Mas e sua esposa... você não tem uma esposa, Lance?

— Eu tenho uma esposa, sim. Ela está em Londres.

— Mas você não... não seria melhor trazê-la aqui?

— Temos bastante tempo para fazer planos — disse Lance. — Pat... ah, Pat está bem onde está.

Elaine falou bruscamente:

— Você não quer dizer, você não acha...

Lance mudou depressa de assunto:

— Esse bolo de chocolate está com uma aparência maravilhosa. Preciso de um pedaço.

Cortando uma fatia para si mesmo, ele perguntou:

— Tia Effie ainda está viva?

— Ah, sim, Lance. Ela não desce para fazer refeições conosco ou qualquer coisa, mas está muito bem. Só que está ficando muito excêntrica.

— Ela sempre foi excêntrica — afirmou Lance. — Vou subir para vê-la depois do chá.

Jennifer Fortescue murmurou:

— Na idade dela, realmente achamos que ela deveria estar em algum tipo de casa de repouso. Quero dizer, um lugar onde ela receba os devidos cuidados.

— Que Deus ajude qualquer lar de idosos que receba tia Effie — disse Lance. E acrescentou: — Quem foi a pessoa recatada que me deixou entrar?

Adele pareceu surpresa.

— Não foi Crump que abriu a porta para você? O mordomo? Ah não, esqueci. Hoje é seu dia de folga. Mas certamente Gladys...

Lance forneceu uma descrição.

— Olhos azuis, cabelo repartido ao meio, voz muito suave, manteiga não derreteria em sua boca. O que se esconde por trás disso isso, prefiro não dizer.

— Essa — disse Jennifer — seria Mary Dove.

— Ela meio que gerencia as coisas para nós — completou Elaine.

— Ah, é mesmo?

— Ela é de fato muito útil — afirmou Adele.

— Sim — concordou Lance, pensativo. — Parece ser.

— Mas o que é muito bom — disse Jennifer — é que ela sabe seu lugar. Nunca passa do limite, se é que você me entende.

— A esperta Mary Dove — disse Lance, e se serviu de outro pedaço de bolo de chocolate.

Capítulo 12

— Então aí está você, porque vaso ruim não quebra — disse Miss Ramsbottom.

Lance sorriu para ela:

— Exatamente, tia Effie.

— Humph! — Miss Ramsbottom fungou em desaprovação. — Você escolheu um bom momento para aparecer. Seu pai foi assassinado ontem, a casa está cheia de policiais bisbilhotando por toda parte, até vasculhando nas latas de lixo. Eu os vi pela janela. — Ela fez uma pausa, fungou novamente e perguntou: — Está com sua esposa?

— Não. Deixei Pat em Londres.

— Isso mostra algum bom senso. Eu não a traria *aqui*, se fosse você. Nunca se sabe o que pode acontecer.

— Com ela? Com Pat?

— Com qualquer um — disse Miss Ramsbottom.

Lance Fortescue olhou para ela, pensativo.

— Tem alguma ideia sobre tudo isso, tia Effie? — perguntou ele.

Miss Ramsbottom não respondeu diretamente.

— Um inspetor veio aqui ontem me fazer perguntas. Não conseguiu muita coisa comigo. Mas não era tão idiota quanto parecia, não mesmo. — Ela acrescentou com certa indignação: — Como seu avô se sentiria se soubesse que estamos com a polícia em casa... seria o bastante para fazê-lo se revirar na cova. Foi a vida toda um severo seguidor da Assembleia dos Irmãos. O bafafá que deu quando ele descobriu que eu estava frequentando a missa da Igreja Anglicana no final da tarde! E tenho certeza de que *aquilo* foi um tanto inofensivo comparado a assassinato.

Normalmente, Lance teria sorrido ao ouvir isso, mas seu rosto comprido e escuro permaneceu sério. Ele disse:

— Sabe, estou totalmente no escuro aqui, depois de ter passado tanto tempo longe. O que tem acontecido nesta casa ultimamente?

Miss Ramsbottom ergueu os olhos para o céu.

— Coisas de gente sem Deus — afirmou ela.

— Sim, sim, tia Effie, a senhora diria isso de qualquer modo. Mas o que dá à polícia a ideia de que papai foi morto aqui?

— Adultério é uma coisa e assassinato é outra — disse Miss Ramsbottom. — Eu não gostaria de pensar isso dela, realmente não gostaria.

Lance pareceu alarmado.

— Adele? — perguntou ele.

— Minha boca é um túmulo — falou Miss Ramsbottom.

— Vamos lá, querida — insistiu Lance. — É uma frase adorável, mas não significa nada. Adele tinha um namorado? Ela e o namorado deram-lhe meimendro no chá da manhã. Foi esse o esquema?

— Vou lhe pedir para não brincar com isso.

— Eu não estava realmente brincando, sabe.

— Vou lhe contar uma coisa — falou Miss Ramsbottom de repente. — Acredito que aquela garota saiba de algo.

— Qual garota? — Lance ficou surpreso.

— Aquela que funga — respondeu Miss Ramsbottom. — Aquela que deveria ter trazido meu chá esta tarde, mas não trouxe. Saiu sem licença, dizem. Eu não me surpreenderia se ela tivesse ido até a polícia. Quem abriu a porta para você?

— Uma mulher chamada Mary Dove, pelo que entendi. Muito mansa e suave, mas não de verdade. Foi ela quem foi à polícia?

— *Ela* não iria à polícia — disse Miss Ramsbottom. — Não, me refiro àquela camareirazinha tola. Ela está se contorcendo e pulando como um coelho o dia todo. "Qual o problema com você?", eu perguntei. "Está com a consciência pesada?" Ela respondeu: "*Eu* nunca fiz nada... eu não faria uma coisa dessas." "Espero que não", falei, "mas há algo que a preocupa, não há?" Então ela começou a fungar e disse que não queria colocar ninguém em apuros, que tinha certeza de que devia ser um engano. E eu disse para ela: "Muito bem, minha jovem, conte a verdade e envergonhe o diabo. Vá à polícia", falei, "e diga a eles tudo o que sabe, porque nada de bom jamais veio de esconder a verdade, por mais desagradável que ela seja." Então ela falou um monte de bobagens sobre não poder ir à polícia, que eles nunca acreditariam nela, e o que diabos ela poderia dizer? Acabou dizendo que, de qualquer forma, não sabia de nada.

— A senhora não acha — Lance hesitou — que ela estava apenas querendo se fazer de importante?

— Não, não acho. Acho que ela estava com medo. Acho que viu ou ouviu algo que lhe deu uma ideia sobre a coisa toda. Pode ser importante ou não ter a menor consequência.

— A senhora não acha que ela mesma poderia ter rancor do papai e... — Lance hesitou.

Miss Ramsbottom balançava a cabeça, decidida.

— Ela não é o tipo de garota que seu pai teria notado. Nenhum homem jamais dará muita atenção a ela, pobre garota. Mas, bem, é melhor para a alma dela, ouso dizer.

Lance não tinha qualquer interesse pela alma de Gladys. Ele perguntou:

— A senhora acha que ela pode ter corrido para a delegacia?

Tia Effie assentiu vigorosamente.

— Sim. Acho que ela não gostaria de contar nada a eles aqui nesta casa, por medo de alguém escutar.

— Acha que ela pode ter visto alguém mexendo na comida? — perguntou Lance.

Tia Effie lançou-lhe um olhar penetrante.

— É possível, não é? — disse ela.

— Sim, suponho que sim. — Então acrescentou em tom de desculpas: — A coisa toda ainda parece tão improvável. Como um romance policial.

— A esposa de Percival é enfermeira hospitalar — declarou Miss Ramsbottom.

A observação pareceu tão desconexa com o que acontecera antes que Lance olhou para ela com um olhar confuso.

— Enfermeiras hospitalares estão acostumadas a lidar com drogas — explicou Miss Ramsbottom.

Lance parecia em dúvida.

— Essa coisa, taxina, já foi usada na medicina?

— Essa substância é encontrada em frutinhas de teixo, pelo que sei. As crianças as comem às vezes — disse Miss Ramsbottom. — Faz muito mal para elas. Lembro-me de um caso quando era pequena. Fiquei muito impressionada, nunca esqueci. Coisas que você lembra às vezes são úteis.

Lance ergueu a cabeça bruscamente e olhou para ela.

— A falta de afeto é uma coisa — disse Miss Ramsbottom — e imagino que eu tenha recebido tanto disso quanto qualquer um. Mas não vou tolerar a maldade. A maldade tem que ser destruída.

— Saiu sem me dizer uma palavra — falou Mrs. Crump, erguendo o rosto vermelho e furioso da massa que agora abria na mesa. — Saiu sem dizer uma palavra a ninguém. Dissimulada, é isso que é. Dissimulada! Com medo de que não a deixassem sair, e eu *teria* impedido se a pegasse! Que ideia! Lá está o mestre morto, o Mr. Lance voltando para uma casa que não tem sido um lar há anos, e eu falei para o Crump, eu disse: "Dia de folga ou não, eu sei meu dever. Não haverá jantar frio hoje à noite, como é de costume na quinta-feira, mas um jantar adequado. Um cavalheiro voltando do exterior para casa com sua esposa, que antes era casada na aristocracia, as coisas devem ser feitas corretamente." Você me conhece, senhorita, sabe que tenho orgulho do meu trabalho.

Mary Dove, a destinatária dessas confidências, balançou a cabeça suavemente.

— E o que Crump me diz? — A voz de Mrs. Crump se elevou com raiva. — "É meu dia de folga e estou saindo", é o que ele diz. "E uma figa para a aristocracia." Não tem orgulho pelo seu trabalho. Então ele vai embora e eu digo a Gladys que ela terá que se virar sozinha esta noite. Ela apenas responde "tudo bem, Mrs. Crump", mas então, quando viro as costas, ela *sai de fininho*. Não era o dia de folga *dela*, de qualquer maneira. *Sexta-feira* é o dia dela. Como vamos fazer agora eu não sei! Ainda bem que Mr. Lance não trouxe a esposa hoje.

— Vamos dar um jeito, Mrs. Crump — a voz de Mary era ao mesmo tempo autoritária e tranquilizadora —, se apenas simplificarmos um pouco o menu.

Ela esboçou algumas sugestões, e a cozinheira assentiu com relutância.

— Serei capaz de servir isso com bastante facilidade — concluiu Mary.

— Quer dizer que a senhorita mesma vai servir à mesa? — Mrs. Crump pareceu duvidar.

— Se Gladys não voltar a tempo.

— *Ela* não vai voltar — disse Mrs. Crump. — Saiu vadiando por aí, desperdiçando dinheiro nas lojas. Ela tem um rapaz, sabe, senhorita, embora ninguém imagine ao olhar para ela. Albert é o nome dele. "Vou me casar na próxima primavera", é o que ela me diz. Essas meninas não sabem o que é estar casada, não sabem mesmo. O que eu passei com o Crump. — Ela suspirou e continuou em uma voz normal: — E quanto ao chá, senhorita? Quem vai limpar e lavar?

— Eu farei isso — respondeu Mary. — Vou fazer isso agora mesmo.

As luzes da sala não tinham sido acesas, embora Adele Fortescue continuasse sentada no sofá atrás da bandeja de chá.

— Devo acender as luzes, Mrs. Fortescue? — perguntou Mary.

Adele não respondeu.

Mary acendeu as luzes e foi até a janela, onde puxou as cortinas. Só então virou a cabeça e viu o rosto da mulher, que se recostara para trás sobre as almofadas. Um *scone* com mel comido pela metade estava ao seu lado, a xícara de chá ainda pela metade. A morte chegara rápida e repentina para Adele Fortescue.

— Então? — perguntou o Inspetor Neele com impaciência.

O médico respondeu de pronto:

— Cianureto... provavelmente cianureto de potássio.... no chá.

— Cianureto — murmurou Neele.

O médico olhou para ele com leve curiosidade.

— O senhor parece abalado... algum motivo em especial para isso?

— Ela era suspeita de assassinato — disse Neele.

— E acabou sendo uma vítima. Hm. O senhor terá que pensar de novo, não é?

Neele assentiu. Sua expressão estava amargurada e sua mandíbula sombriamente contraída.

Envenenada! Bem debaixo de seu nariz. Taxina no café da manhã de Rex Fortescue, cianureto no chá de Adele Fortescue. Ainda um caso íntimo de família. Ou assim parecia.

Adele Fortescue, Jennifer Fortescue, Elaine Fortescue e o recém-chegado Lance Fortescue tomaram chá juntos na biblioteca. Lance subira para ver Miss Ramsbottom, Jennifer fora para sua sala de estar a fim de escrever cartas, Elaine fora a última a sair da biblioteca. De acordo com ela, Adele estava em perfeita saúde e acabara de se servir de uma última xícara de chá.

Uma última xícara de chá! Sim, *realmente* tinha sido sua última xícara de chá.

E depois disso, um vazio de vinte minutos, talvez, até Mary Dove entrar na sala e encontrar o corpo.

E durante aqueles vinte minutos...

O Inspetor Neele praguejou para si mesmo e foi para a cozinha.

Sentada em uma cadeira perto da mesa, a enorme figura de Mrs. Crump, sua beligerância feito um balão pronto para ser espetado, mal se mexeu quando ele entrou.

— Onde está aquela garota? Ela já voltou?

— Gladys? Não, ela não voltou... E não voltará, suspeito eu, até as onze horas da noite.

— Ela fez o chá, a senhora disse, e levou-o para dentro.

— Eu não toquei naquilo, senhor. Deus é minha testemunha. E digo mais, não acredito que Gladys tenha feito algo que não devesse. Ela não faria uma coisa dessas, não Gladys. Ela é uma boa moça, senhor, um pouco tola, só isso, não perversa.

Não, Neele não achava que Gladys fosse perversa. Não achava que Gladys fosse uma envenenadora. De qualquer forma, o cianureto não estava no bule.

— Mas o que a fez sair assim de repente? Não era o dia de folga dela, você disse.

— Não, senhor, o dia de folga dela é amanhã.

— Será que Crump...

A beligerância de Mrs. Crump se reavivou de repente. Sua voz se elevou com raiva.

— Nem pense em envolver Crump em nada. Meu marido está fora disso. Ele saiu às 15 horas, e agora fico grata por isso. Está tão fora disso quanto o próprio Mr. Percival.

Percival Fortescue acabara de voltar de Londres... apenas para ser saudado pelas notícias espantosas dessa segunda tragédia.

— Eu não estava acusando Crump — respondeu Neele suavemente. — Só me perguntei se ele sabia alguma coisa sobre os planos de Gladys.

— Ela estava com suas melhores meias de nylon — disse Mrs. Crump. — Tinha algum plano na cabeça. Eu que sei! Nem preparou sanduíches para o chá. Ah, sim, ela estava inventando alguma coisa. *Eu* vou dizer lhe dizer umas poucas e boas assim que ela voltar.

Assim que ela voltar...

Uma leve inquietação tomou conta de Neele. Para se livrar disso, ele subiu as escadas para o quarto de Adele Fortescue. Um apartamento luxuoso, todo decorado com cortinas em brocado rosa e uma vasta cama dourada. De um lado do cômodo, uma porta para um banheiro coberto de espelhos, com uma banheira de porcelana rosa-orquídea. Passando o banheiro, depois de uma porta de comunicação, ficava o vestiário de Rex Fortescue. Neele voltou para o quarto de Adele e passou pela porta do outro lado que dava para sua sala de estar.

O quarto era decorado em estilo império com um tapete rosa felpudo. Neele apenas deu uma olhada superficial em volta, pois aquele cômodo em particular fora alvo de seu escrutínio no dia anterior, com atenção especial para a pequena escrivaninha elegante.

De repente, entretanto, seu corpo se tensionou, subitamente alerta. No centro do tapete rosa havia um pequeno pedaço de lama endurecida.

Neele se aproximou e pegou-o. A lama ainda estava úmida.

Ele olhou em volta. Não havia pegadas visíveis, apenas aquele fragmento isolado de terra molhada.

O Inspetor Neele entrou no quarto que pertencia a Gladys Martin. Já passava das onze horas da noite — Crump chegara meia hora antes —, mas ainda não havia sinal de Gladys. O inspetor olhou em volta. Qualquer que tenha sido o treinamento de Gladys, seus próprios instintos naturais eram desleixados. A cama, julgou o Inspetor Neele, raramente era feita, as janelas quase nunca eram abertas. Os hábitos pessoais de Gladys, no entanto, não eram sua preocupação imediata. Em vez disso, examinou seus pertences com cuidado.

Eles consistiam na maior parte em vestes e acessórios baratos e um tanto patéticos. Poucas coisas eram duráveis ou de boa qualidade. A idosa Ellen, a quem convocou para ajudá-lo, não foi útil. Ela não sabia quais roupas Gladys tinha ou não. Não sabia dizer o que estava faltando, se é que faltava alguma coisa. Ele passou das vestes e das roupas íntimas para o conteúdo da cômoda. Lá Gladys guardava seus tesouros. Havia cartões-postais e recortes de jornais, receitas de tricô, dicas de beleza, corte e costura e moda.

Neele os organizou em várias categorias. Os cartões-postais consistiam principalmente em vistas de vários lugares onde ele presumia que Gladys passara as férias. Entre eles havia três cartões-postais com a assinatura "Bert", que ele considerou ser o "jovem" mencionado por Mrs. Crump. O primeiro cartão-postal dizia, em garranchos: "Tudo de bom. Sentindo muito sua falta. Sempre seu, Bert." No segundo: "Muitas garotas bonitas aqui, mas nenhuma que chegue a seus pés. Vejo você em breve. Não se esqueça do nosso encontro. E lembre-se de que depois disso é só curtir e ser feliz para sempre." O terceiro apenas dizia: "Não se esqueça. Estou confiando em você. Com amor, B."

Em seguida, Neele olhou os recortes de jornal e os separou em três pilhas. Havia dicas de corte e costura e de beleza, artigos sobre estrelas de cinema por quem Gladys pelo visto era bastante vidrada e também, ao que parecia, as últimas maravilhas da ciência pelas quais a moça demonstrava interesse. Havia recortes sobre discos voadores, armas secretas, drogas da verdade usadas por russos e relatos de drogas fantásticas descobertas por médicos americanos. Toda a bruxaria, assim pensava Neele, do nosso século XX. Mas em todo o conteúdo da sala não havia nada que lhe desse uma pista de seu desaparecimento. Ela não mantinha nenhum diário, não que ele esperasse isso. Era uma possibilidade remota. Não encontrou nenhuma carta inacabada, nenhum registro de qualquer coisa que ela pudesse ter visto na casa que pudesse se relacionar à morte de Rex Fortescue. O que quer que Gladys tivesse visto, ou soubesse, não estava registrado. Ainda seria preciso adivinhar por que a segunda bandeja de chá fora deixada no corredor e a própria Gladys desaparecera tão repentinamente.

Suspirando, Neele saiu da sala, fechando a porta atrás de si.

Enquanto se preparava para descer as pequenas escadas em caracol, ouviu um barulho de pés correndo no andar de baixo.

O rosto agitado do Sargento Hay ergueu os olhos para ele do fundo da escada. O homem estava um pouco ofegante.

— Senhor — disse ele com urgência. — Senhor! Nós a encontramos...

— Encontraram?

— Foi a criada, senhor... Ellen... Ela lembrou que não tirara as roupas do varal... fica nos fundos da casa. Então ela saiu com uma tocha para buscá-las e quase caiu por cima do corpo... o corpo da garota... Ela foi estrangulada, com uma meia-calça em volta da garganta. Morta por horas, eu diria. E, senhor, é uma piada perversa... havia um *prendedor de roupa preso em seu nariz...*

Capítulo 13

Uma senhora idosa viajando de trem comprou três jornais matinais e, ao terminar de ler cada um deles, dobrá-los e colocá-los de lado, constatou que exibiam a mesma manchete. Não se tratava mais de um pequeno parágrafo escondido no canto dos jornais. Havia manchetes com chamadas bombásticas sobre a Tripla Tragédia do Chalé dos Teixos.

A senhora estava sentada muito ereta, olhando pela janela do trem com os lábios franzidos em uma expressão de angústia e desaprovação no enrugado rosto rosado e branco. Miss Marple deixara St. Mary Mead no primeiro trem, fazendo a baldeação para Londres, onde pegou a linha circular para outro terminal de Londres, e de lá para Baydon Heath.

Na estação, ela fez sinal para um táxi e pediu para ser levada ao Chalé dos Teixos. Miss Marple era uma velhinha tão encantadora, tão inocente, tão fofa e rosada que conseguiu adentrar no que agora se transformara praticamente em uma fortaleza em estado de sítio com muito mais facilidade do que se poderia imaginar. Embora um exército de repórteres e fotógrafos fosse mantido a distância pela polícia, Miss Marple foi autorizada a entrar sem perguntas, pelo simples fato de se julgar impossível que ela não fosse simplesmente uma parenta idosa da família.

Miss Marple pagou o táxi com uma cuidadosa seleção de troco miúdo e tocou a campainha da porta da frente. Quando Crump abriu, a senhora o analisou com olhos experientes. "Um olhar evasivo", pensou consigo mesma. "Além de apavorado."

Crump viu uma mulher alta e idosa com um conjunto antiquado de paletó e saia de tweed, um par de lenços e um pequeno chapéu de feltro com uma asa de pássaro. A senhora trazia uma bolsa grande e uma mala velha, mas de boa qualidade, que repousava a seus pés. Crump sabia reconhecer uma dama, e disse, em sua melhor e mais respeitosa voz:

— Sim, senhora?

— Posso falar com a dona da casa, por favor? — pediu Miss Marple.

Crump recuou para deixá-la entrar. Pegou a mala e colocou-a com cuidado no corredor.

— Bem, senhora — respondeu ele, um pouco receoso. — Eu não sei quem exatamente...

Miss Marple o ajudou.

— Eu vim — explicou ela — para falar sobre a pobre garota que foi morta. Gladys Martin.

— Ah, entendo, senhora. Bem, nesse caso... — Ele hesitou e olhou para a porta da biblioteca, de onde uma jovem alta acabara de sair. — Esta é Mrs. Lance Fortescue, senhora.

Pat se adiantou, e as duas se entreolharam. Miss Marple sentiu uma leve surpresa. Não esperava ver alguém como Patricia Fortescue nesta casa em particular. Seu interior era exatamente o que ela imaginara, mas, de alguma forma, Pat não combinava com o cenário.

— É sobre Gladys, senhora — disse Crump prestativamente.

Pat respondeu, um tanto hesitante:

— Me acompanhe, por favor? Aqui teremos mais privacidade.

Ela entrou primeiro na biblioteca e foi seguida por Miss Marple.

— Não havia ninguém em especial que a senhora quisesse ver? — perguntou Pat — Porque talvez eu não seja uma boa escolha. Veja bem, meu marido e eu voltamos da África há poucos dias. Na verdade, não sabemos muito sobre a casa. Mas posso buscar minha cunhada ou a esposa de meu cunhado.

Miss Marple olhou para a garota e gostou dela. Gostou de sua seriedade e sua simplicidade. Por alguma estranha razão, sentiu pena dela. Teve a vaga impressão de que um painel de fundo de chita surrada, cavalos e cães seria muito mais adequado do que aquela decoração ricamente mobiliada. No show de pôneis e nas gincanas realizadas localmente em torno de St. Mary Mead, Miss Marple conheceu muitas Pats, e conheceu bem. Sentia-se à vontade com aquela garota de aparência bastante infeliz.

— É muito simples, na verdade — explicou Miss Marple, tirando as luvas com cuidado e alisando os dedos. — Eu li no jornal, sabe, sobre Gladys Martin ter sido morta. E é claro que sei tudo sobre ela. Ela era da minha região. Eu a treinei, na verdade, para o serviço doméstico. E já que essa coisa terrível aconteceu com ela, eu senti... bem, senti que deveria vir ver se eu poderia fazer alguma coisa.

— Sim — respondeu Pat. — Claro. Eu compreendo.

E ela compreendia. A atitude de Miss Marple lhe parecia natural e inevitável.

— Acho muito bom a senhora ter vindo — disse Pat. — Ninguém parece saber muito sobre ela. Quero dizer, suas relações e tudo mais.

— Não — disse Miss Marple. — Claro que não. Ela não tinha nenhum parente. Chegou até mim do orfanato, o St. Faith's. Um lugar muito bem administrado, embora lamentavelmente sem fundos. Fazemos o possível pelas meninas de lá, tentamos dar um bom treinamento e tudo mais. Gladys me procurou quando tinha 17 anos, e eu a ensinei como servir à mesa e cuidar da prataria e tudo mais. Claro que ela não ficou muito tempo. Elas nunca ficam. Assim que adquiriu um pouco de experiência, foi trabalhar em um café. As garotas quase sempre querem fazer isso. Acham que é mais livre, sabe, e uma vida mais alegre. Talvez seja. Eu realmente não sei.

— Eu nem mesmo a conheci — comentou Pat. — Ela era bonita?

— Oh, não — disse Miss Marple. — De modo algum. Tinha adenoidite e muitas manchas. Também era pateticamente burrinha. Não creio — continuou a senhora, pensativa — que ela tenha feito muitos amigos em qualquer lugar. Gostava muito dos homens, pobrezinha. Mas os homens não prestavam muita atenção nela, e as outras garotas preferiam usá-la.

— Isso soa um tanto cruel — declarou Pat.

— Sim, minha querida — concordou Miss Marple. — A vida é cruel, infelizmente. Ninguém sabe bem o que fazer com moças como a Gladys. Elas gostam de ir ao cinema e tudo mais, mas vivem pensando em coisas impossíveis que não acontecerão com elas. Talvez seja um tipo de felicidade. Mas elas ficam desapontadas. Acho que Gladys ficou desapontada com a vida no café e no restaurante. Nada muito glamouroso ou interessante aconteceu com ela, e cansava muito os pés. Provavelmente é por isso que voltou ao serviço privado. Sabe há quanto tempo ela estava aqui?

Pat balançou a cabeça.

— Não muito tempo, acho. Apenas um ou dois meses. — Pat fez uma pausa e continuou: — Acho tão horrível e fútil que ela tenha acabado metida nessa situação. Suponho que tenha visto ou notado algo.

— Foi o prendedor de roupa que realmente me preocupou — disse Miss Marple com sua voz gentil.

— O prendedor de roupas?

— Sim. Li sobre isso nos jornais. Suponho que seja verdade? Que, quando ela foi encontrada, havia um prendedor de roupa preso em seu nariz.

Pat assentiu. O sangue subiu para as bochechas rosadas de Miss Marple.

— Foi isso que me deixou tão zangada, se é que me entende, minha querida. Foi um gesto tão cruel e desdenhoso. Me deu uma espécie de imagem do assassino. Para fazer uma coisa dessas! É muito perverso, sabe, afrontar a dignidade humana. Principalmente se já matou.

Pat respondeu lentamente:

— Acho que entendo o que a senhora quis dizer. — Ela se levantou. — Acho melhor vir ver o Inspetor Neele. Ele está no comando do caso e está aqui agora. Acredito que vá gostar dele. É uma pessoa muito humana. — Ela estremeceu de repente. — A coisa toda é um pesadelo horrível. Sem sentido. Louco. Sem rima nem rumo, como dizem.

— Eu não diria isso, sabe — disse Miss Marple. — Não, eu não diria isso.

O Inspetor Neele parecia cansado e abatido. Três mortes e a imprensa de todo o país gritando no encalço. Um caso que parecia estar se moldando de maneira bem previsível de repente virou um Deus nos acuda. Adele Fortescue, a suspeita apropriada, era agora a segunda vítima de um caso incompreensível de assassinato. No final daquele dia fatal, o comissário assistente mandou chamar Neele, e os dois homens conversaram até tarde da noite.

Apesar de seu desânimo, ou melhor, por trás dele, o inspetor sentira uma leve satisfação interior. Esse padrão da esposa e do amante. Parecia muito simples, muito fácil. Ele sempre desconfiou dessa solução. E agora sua desconfiança fora justificada.

— A coisa toda assumiu um aspecto totalmente diferente — disse o comissário assistente, dando voltas em sua sala e franzindo a testa. — Parece-me, Neele, que é como se estivéssemos lidando com alguém mentalmente perturbado. Primeiro o marido, depois a esposa. Mas as próprias circunstâncias do caso parecem mostrar que é um trabalho interno. Está tudo lá, na família. Alguém que se sentou para tomar café com Fortescue colocou taxina em seu café ou em sua comida, alguém que tomou chá com a família naquele dia colocou cianureto de potássio na xícara de Adele Fortescue. Alguém confiável, discreto, alguém da família. Qual deles, Neele?

Neele respondeu secamente:

— Percival não estava lá, isso o deixa de fora novamente. Isso o deixa de fora novamente — repetiu o inspetor Neele.

O comissário assistente olhou para ele com intensidade. Algo na repetição atraiu sua atenção.

— Qual é a ideia, Neele? Diga logo, homem.

O Inspetor Neele parecia impassível.

— Nada, senhor. Nada além de uma ideia. Só o que digo é que foi muito conveniente para ele.

— Conveniente demais, hein? — O comissário assistente refletiu e balançou a cabeça. — Você acha que ele pode ter conseguido de alguma forma? Não consigo ver como, Neele. Não, não consigo mesmo. — E acrescentou: — Além disso, ele é um tipo cauteloso.

— Mas muito inteligente, senhor.

— Você não cogita as mulheres. É isso? No entanto, as mulheres são uma possibilidade. Elaine Fortescue e a esposa de Percival. Elas estavam no café da manhã e no chá. Qualquer uma delas pode ter agido. Nenhum sinal anormal nelas? Bem, nem sempre dá para reparar. Pode haver algo em seus registros médicos passados.

O Inspetor Neele não respondeu. Ele estava pensando em Mary Dove. Ele não tinha nenhuma razão específica para suspeitar dela, mas era nela que seus pensamentos estavam. Havia algo inexplicável sobre a moça, algo insatisfatório. Um antagonismo leve e divertido. Essa tinha sido sua atitude após a morte de Rex Fortescue. Qual era a atitude dela agora? Seu comportamento e maneiras foram, como sempre, exemplares. Não havia mais divertimento, pensou. Talvez nem mesmo o antagonismo, mas ele se perguntou se, uma ou duas vezes, não vira um traço de medo. No caso de Gladys Martin, ele era o responsável. Aquela confusão culpada dela, ele atribuíra a não mais do que um nervosismo natural diante da polícia. Ele já se deparara com aquele nervosismo culpado tantas vezes. Porém, era algo mais. Gladys tinha visto ou ouvido algo que despertou suas suspeitas. Provavelmente algo bem pequeno, pensou ele, tão vago e indefinido que ela dificilmente gostaria de comentar. E agora, coitadinha, ela nunca falaria.

O Inspetor Neele olhou com algum interesse para o rosto tranquilo e sério da velha senhora que o confrontava agora no Chalé dos Teixos. A princípio, estava em dúvida sobre como tratá-la, mas rapidamente se decidiu. Miss Marple lhe seria útil. Ela era íntegra, de retidão incontestável e tinha, como a maioria das velhinhas, tempo livre e o nariz das solteironas para farejar fofocas. Arrancaria informações dos criados, e talvez das mulheres da família Fortescue, que ele e seus policiais nunca conseguiriam. Conversas, conjecturas, reminiscências, repetições de coisas ditas e feitas, de tudo isso ela selecionaria os fatos de destaque. Portanto, o Inspetor Neele foi agradável e gentil.

— É extraordinariamente bondoso da sua parte vir aqui, Miss Marple — disse ele.

— Era meu dever, Inspetor Neele. A garota morou em minha casa. Eu me sinto, de certo modo, responsável por ela. Ela era uma garota muito tola, o senhor sabe.

O inspetor a olhou com admiração.

— Sim — concordou ele —, de fato.

Ele sentiu que ela iria direto ao ponto.

— Ela não saberia — disse Miss Marple — o que deveria fazer. Se algo acontecesse, quero dizer. Oh, céus, estou me expressando muito mal.

O Inspetor Neele respondeu que entendia.

— Ela não tinha bom senso sobre o que era importante ou não, é isso que a senhora quer dizer, não é?

— Ah, sim, exatamente, inspetor.

— Quando a senhora diz que ela era tola... — O Inspetor Neele hesitou.

Miss Marple retomou o tema.

— Ela era do tipo crédulo. Era dessas garotas que dariam suas economias para um vigarista, se ela tivesse alguma.

Claro, ela nunca teve nenhuma economia porque sempre gastou seu dinheiro nas roupas mais inadequadas.

— E quanto aos homens? — perguntou o inspetor.

— Ela queria muito arranjar um rapaz — disse Miss Marple. — Na verdade, acho que foi por isso que saiu de St. Mary Mead. A competição lá é muito acirrada. Tão poucos homens. Ela tinha alguma esperança com o rapaz que entregava peixes. O jovem Fred tinha palavras agradáveis para todas as meninas, mas é claro que não significavam nada. Isso chateou bastante a pobre Gladys. Ainda assim, suponho que ela conseguiu alguém, no fim das contas?

O Inspetor Neele assentiu.

— É o que parece. Creio que Albert Evans era seu nome. Parece que ela o conheceu em algum acampamento de férias. Ele não deu a ela um anel ou algo do tipo, então talvez ela tenha inventado tudo. Ele era engenheiro de minas, segundo ela contou à cozinheira.

— Isso parece *muito* improvável — retrucou Miss Marple —, mas atrevo-me a dizer que foi o que ele *disse* a ela. Como falei, ela acreditaria em qualquer coisa. Você não acha que exista nenhuma conexão *dele* com esse caso?

O Inspetor Neele balançou a cabeça.

— Não. Não acho que haja complicações desse tipo. Parece que ele nunca a visitou. Mandava um cartão-postal de vez em quando, geralmente de um porto, é provável que fosse o engenheiro-assistente em um barco na rota do Báltico.

— Bem — disse Miss Marple —, fico feliz por ela ter tido seu pequeno romance. Já que sua vida foi encurtada dessa forma... — Ela contorceu os lábios. — Sabe, inspetor, isso me deixa muito, muito zangada. — E acrescentou o que dissera a Pat Fortescue: — Principalmente o prendedor de roupa. Isso, inspetor, foi realmente perverso.

Neele olhou para ela com interesse.

— Entendo o que a senhora quer dizer, Miss Marple — disse ele.

Miss Marple tossiu com uma expressão de desculpas.

— Eu me pergunto... e suponho que seria uma grande presunção da minha parte... se eu poderia ajudá-lo da minha maneira muito humilde e, receio, muito *feminina*. Este é um assassino perverso, Inspetor Neele, e os perversos não devem ficar impunes.

— Essa é uma crença fora de moda hoje em dia, Miss Marple — disse o inspetor com expressão séria. — Não que eu discorde da senhora.

— Há um hotel perto da estação, além do Golf Hotel — disse Miss Marple com hesitação —, e acredito que haja uma Miss Ramsbottom nesta casa que demonstra interesse por missões estrangeiras

O Inspetor Neele olhou para Miss Marple com ar avaliador e respondeu:

— Sim. Talvez a senhora consiga algo. Não posso dizer que tive grande sucesso com ela.

— É muito gentil de sua parte, Inspetor Neele — disse Miss Marple. — Fico muito satisfeita que o senhor não pense que sou apenas uma caçadora de sensacionalismo.

O Inspetor Neele deu um sorriso repentino e bastante inesperado. Ele estava pensando consigo mesmo que Miss Marple era muito diferente da ideia popular de uma fúria vingativa. E, no entanto, pensou que talvez fosse exatamente o que ela era.

— Jornais — disse Miss Marple — costumam ser tão sensacionalistas em seus relatos. Mas receio que em raras ocasiões sejam tão precisos quanto se poderia desejar. — Ela olhou interrogativamente para o inspetor. — Se ao menos eu pudesse confirmar que tenho apenas os fatos objetivos.

— Eles não são mesmo muito objetivos — concordou Neele. — Desprovidos de sensacionalismo indevido, eis os fatos: Mr. Fortescue morreu em seu escritório por envenenamento por taxina. A taxina é obtida a partir dos frutos e folhas dos teixos.

— Muito conveniente — comentou Miss Marple.
— Possivelmente — disse o Inspetor Neele — mas não temos provas disso. Por enquanto, pelo menos.

Ele enfatizou isso porque era aqui que pensava que Miss Marple poderia ser útil. Se alguma bebida ou mistura com as bagas tivesse sido preparada na casa, Miss Marple provavelmente encontraria vestígios dela. Era o tipo de velha que fazia ela mesma licores, extratos e chás de ervas caseiros. Saberia métodos de fabricação e métodos de descarte.

— E Mrs. Fortescue?
— Mrs. Fortescue tomou chá com a família na biblioteca. A última pessoa a sair da sala e da mesa de chá foi Miss Elaine Fortescue, sua enteada. Ela afirma que, ao se retirar, Mrs. Fortescue estava se servindo de outra xícara. Uns vinte minutos ou meia hora depois, Miss Dove, que trabalha como governanta, entrou para retirar a bandeja. Mrs. Fortescue continuava sentada no sofá, morta. Ao lado dela, havia uma xícara de chá quase cheia, e, na borra, cianureto de potássio.

— Que é de ação quase imediata, creio eu — disse Miss Marple.
— Exatamente.
— Uma coisa muito perigosa — murmurou Miss Marple. — É usado para acabar com os ninhos de vespas, mas eu tomo sempre muito, muito cuidado.
— A senhora tem razão — disse o Inspetor Neele. — Havia um pacote no galpão do jardineiro aqui.
— Mais uma vez, muito conveniente — comentou Miss Marple. Ela acrescentou: — Mrs. Fortescue estava comendo alguma coisa?
— Ah, sim. Eles tomaram um chá bastante suntuoso.
— Bolo, suponho? Pão e manteiga? *Scones*, talvez? Geleia? Mel?
— Sim, havia mel e *scones*, bolo de chocolate, pão suíço e vários outros pratos. — Ele olhou para ela com curiosidade. — O cianureto de potássio estava no chá, Miss Marple.

— Ah, sim, sim. Entendi perfeitamente. Eu estava apenas formando a imagem completa, por assim dizer. Bastante importante, o senhor não acha?

Ele a olhou, ligeiramente intrigado. Suas bochechas estavam rosadas, seus olhos, brilhantes.

— E a terceira morte, Inspetor Neele?

— Bem, os fatos também parecem claros o bastante. A garota, Gladys, serviu a bandeja de chá, depois levou a bandeja seguinte até o corredor, mas a deixou lá. Estivera bastante distraída o dia todo, aparentemente. Depois disso, ninguém a viu. A cozinheira, Mrs. Crump, concluiu que a garota havia saído sem contar a ninguém. Baseou sua crença, eu acho, no fato de que a menina usava um bom par de meias de náilon e seus melhores sapatos. Nisso, contudo, ela estava completamente errada. A garota obviamente se lembrara de súbito de que não tinha retirado algumas roupas do varal do lado de fora. Ela correu para buscá-las e aparentemente já havia tirado metade delas quando alguém passou de surpresa uma meia-calça em volta de seu pescoço e... bem, foi isso.

— Alguém de fora? — perguntou Miss Marple.

— Talvez — disse o Inspetor Neele. — Mas talvez alguém de dentro. Alguém que estivesse esperando a oportunidade de ficar sozinho com ela. A menina estava perturbada e nervosa quando a questionamos pela primeira vez, mas temo não termos percebido a importância disso.

— Ah, mas como os senhores poderiam? — perguntou Miss Marple. — As pessoas muitas vezes parecem culpadas e envergonhadas quando são questionadas pela polícia.

— É exatamente isso. Mas desta vez, Miss Marple, foi muito mais do que isso. Acho que Gladys tinha visto alguém realizando alguma ação que lhe parecia exigir uma explicação. Não pode, eu acho, ter sido algo muito comprometedor. Caso contrário, ela *teria* falado. Mas acho que acabou revelando o fato à pessoa em questão. Essa pessoa percebeu que Gladys era um perigo.

— Então Gladys foi estrangulada e teve um prendedor de roupa preso a seu nariz — murmurou Miss Marple para si mesma.

— Sim, isso foi um toque desagradável. Desagradável e sarcástico. Apenas uma pitada desagradável de bravata desnecessária.

Miss Marple balançou a cabeça.

— Dificilmente *desnecessária*. Isso tudo forma um padrão, não é?

O Inspetor Neele a olhou com curiosidade.

— Não estou entendendo bem o seu raciocínio, Miss Marple. O que quer dizer com padrão?

Miss Marple ficou imediatamente agitada.

— Bem, quero dizer que parece... considerado como uma sequência, se é que me entende... bem, não se pode fugir dos fatos, pode?

— Acho que não entendi direito.

— Bem, primeiro temos Mr. Fortescue. *Rex* Fortescue. Morto em seu escritório na cidade. Então Mrs. Fortescue, sentada aqui na biblioteca tomando chá. Havia bolo e *mel*. Então a pobre Gladys com o prendedor de roupa no nariz. Apenas para *apontar* a coisa toda. A encantadora Mrs. Lance Fortescue me disse que não parecia haver nem rima nem rumo nisso tudo, mas eu não pude concordar com ela, porque é a rima que chama a atenção, não é?

O Inspetor Neele respondeu devagar:

— Não acho que...

Miss Marple continuou rapidamente:

— Imagino que o senhor tenha cerca de 35 ou 36 anos, não é, Inspetor Neele? Creio que houve uma reação forte naquela época, quero dizer, quando o senhor era um garotinho, contra as canções de ninar. Mas se alguém foi educado nos Contos da Mamãe Gansa, digo, é altamente significativo, não é? O que eu me perguntei foi... — Miss Marple fez uma pausa, parecendo reunir coragem: — Claro que sei que é uma grande impertinência minha dizer esse tipo de coisa para o senhor.

— Por favor, diga o que quiser, Miss Marple.

— Bem, isso é muito gentil de sua parte. Eu direi. Embora, como falei, o faça com a maior timidez, porque sei que estou muito velha e um tanto confusa, e ouso dizer que minha ideia não tem valor algum. Mas o que quero perguntar é se o senhor entrou na questão dos passarinhos?

Capítulo 14

Por uns dez segundos, o Inspetor Neele encarou Miss Marple com o mais completo espanto. A primeira coisa que pensou foi que a velha tinha enlouquecido.
— Passarinhos? — repetiu ele.
Miss Marple assentiu vigorosamente.
— Sim — disse ela, e imediatamente recitou:

"Tem sixpence nessa rima, com uma porção de centeio,
Vinte e quatro passarinhos, vão para torta virar recheio
Quando a torta for cortada, eles vão sair e cantar
Não é uma ideia bem gostosa para o rei almoçar?

"O rei foi para o tesouro, contar o seu dinheiro
A rainha ficou na sala, comendo pão e mel o dia inteiro
E a empregada no jardim, as roupas foi pendurar,
Quando veio um passarinho o seu nariz beliscar."

— Meu Deus — disse o Inspetor Neele.
— Quero dizer, encaixa direitinho — continuou Miss Marple. — Era centeio no bolso, não era? Um jornal afirmou isso. Os outros apenas diziam cereal, o que pode significar qualquer coisa, Farmer's Glory ou Sucrilhos, até mesmo milho, mas era *mesmo* centeio?
Neele assentiu.
— Aí está — disse Miss Marple, triunfante. — *Rex* Fortescue. Rex significa *Rei*. Em seu *Tesouro*, o escritório. E Mrs. Fortescue, a Rainha, na sala, comendo pão com mel. Então,

é claro, o assassino teve que colocar aquele prendedor de roupa no nariz da pobre Gladys.

O Inspetor Neele disse:

— Quer dizer que o arranjo todo é uma fantasia?

— Bem, não se deve tirar conclusões precipitadas, mas certamente é muito *estranho*. O senhor realmente deveria investigar os passarinhos. Porque *deve* haver passarinhos!

Foi neste momento que o Sargento Hay entrou na sala chamando, em tom de urgência:

— Senhor.

Ele parou ao ver Miss Marple. O Inspetor Neele, recuperando-se, disse:

— Obrigada, Miss Marple. Vou analisar o assunto. Já que a senhora está interessada na garota, talvez queira dar uma olhada nos pertences dela. O Sargento Hay lhe mostrará em breve.

Miss Marple, aceitando sua dispensa, saltitou para fora da sala.

— Passarinhos! — murmurou o inspetor Neele para si mesmo.

O Sargento Hay ficou olhando.

— Sim, Hay, o que é?

— Senhor — repetiu o Sargento Hay com a mesma urgência. — Veja só isso.

Ele mostrou um artigo embrulhado em um lenço um tanto sujo.

— Encontrei no meio dos arbustos — disse o sargento Hay. — Pode ter sido atirado de uma das janelas dos fundos.

Ele largou o objeto na mesa na frente do inspetor, que se inclinou para a frente e o inspecionou com crescente empolgação. Tratava-se de um pote quase cheio de marmelada.

O inspetor olhou para o pote em silêncio. Seu rosto assumiu uma aparência peculiarmente rígida e estúpida. Na realidade, isso significava que a mente do Inspetor Neele estava correndo mais uma vez em torno de uma pista imaginária.

Um filme se desenrolava dentro de sua cabeça. Viu um novo pote de marmelada, viu mãos retirando cuidadosamente a tampa, uma pequena quantidade de marmelada sendo retirada, misturada com um preparado de taxina e devolvida ao pote, o topo alisado e a tampa cuidadosamente recolocada. Ele parou neste momento para perguntar ao Sargento Hay:

— Eles não tiram a marmelada do pote e colocam em recipientes elegantes?

— Não, senhor. Começaram a servir direto do pote durante a guerra, quando as coisas eram escassas, e continuou assim desde então.

Neele murmurou:

— Isso facilitou tudo, é claro.

— Além do mais — disse o Sargento Hay —, Mr. Fortescue era o único que comia marmelada no café da manhã... além de Mr. Percival, quando estava em casa. Os demais comiam geleia ou mel.

Neele assentiu.

— Sim — disse ele. — Isso tornou tudo muito simples, não é?

Depois de um pequeno intervalo, o filme continuou em sua mente. Era a mesa do café da manhã agora. Rex Fortescue estendendo a mão para o pote de marmelada, servindo-se de uma colherada e espalhando na torrada com manteiga. Mais fácil, muito mais fácil assim do que o risco e a dificuldade de adulterar discretamente sua xícara de café. Um método infalível de administrar o veneno! E depois? Outra lacuna e uma imagem que não era tão clara. A substituição daquele pote de marmelada por outro com exatamente a mesma quantidade. Então uma janela aberta. Mão e braço jogando aquele pote no meio dos arbustos. Mas quem?

O Inspetor Neele disse com um tom profissional:

— Bem, é claro que teremos que mandar para análise. Checar se há vestígios de taxina. Não podemos tirar conclusões precipitadas.

— Não, senhor. Pode haver impressões digitais também.

— Provavelmente não as que queremos — respondeu o Neele, sombrio. — Haverá as de Gladys, é claro, de Crump e do próprio Fortescue. Então provavelmente a de Mrs. Crump, da assistente do dono da mercearia e de alguns outros! Se alguém tiver colocado taxina aqui, terá tomado o cuidado de não ficar brincando com o pote com os próprios dedos. De qualquer forma, como falei, não devemos tirar conclusões precipitadas. Como eles pedem a marmelada e onde a guardam?

O diligente Sargento Hay tinha uma resposta adequada a todas essas questões.

— Marmelada e geleias chegam em lotes de seis por vez. Um novo pote seria levado para a despensa quando o antigo estivesse acabando.

— Isso significa — disse Neele — que poderia ter sido adulterado vários dias antes de ser levado para a mesa do café da manhã. E qualquer pessoa que estivesse na casa ou tivesse acesso à casa poderia ter feito isso.

A expressão "acesso à casa" intrigou ligeiramente o Sargento Hay. Ele não percebera de que forma a mente de seu superior estava funcionando.

Mas Neele expunha o que lhe parecia uma suposição lógica.

Se a marmelada tivesse sido adulterada *de antemão*, isso certamente excluía *as pessoas que de fato estavam à mesa do café da manhã fatal*.

O que abria algumas novas possibilidades interessantes.

Ele planejou em sua mente entrevistas com várias pessoas — dessa vez com um ângulo de abordagem bastante diferente.

Ele manteria a mente aberta...

Ele até considerou seriamente as sugestões da velha Miss--sei-lá-quem sobre a cantiga infantil. Porque não havia dúvida de que aquela canção se encaixava de uma forma bastante surpreendente. Ela se encaixava com um ponto que o preocupava desde o início: o bolso cheio de centeio.

— Passarinhos? — murmurou o Inspetor Neele consigo mesmo.

O Sargento Hay o encarou.
— Não é de passas, senhor — disse ele. — É *marmelada*.

O Inspetor Neele saiu em busca de Mary Dove.

Ele a encontrou em um dos quartos do primeiro andar, supervisionando enquanto Ellen despia a cama do que pareciam ser lençóis limpos. Havia uma pequena pilha de toalhas limpas em uma cadeira.

Neele pareceu confuso.

— Alguém está vindo para ficar? — perguntou.

Mary Dove sorriu para ele. Em contraste com Ellen, que parecia sombria e truculenta, Mary encontrava-se em seu modo imperturbável de sempre.

— Na verdade — disse ela —, é o oposto.

Neele olhou interrogativamente para ela.

— Este é o quarto de hóspedes que havíamos preparado para Mr. Gerald Wright.

— Gerald Wright? Quem é ele?

— Amigo de Miss Elaine Fortescue. — A voz de Mary estava cuidadosamente desprovida de inflexão.

— Ele estava vindo para cá... quando?

— Acredito que tenha chegado ao Golf Hotel no dia seguinte à morte de Mr. Fortescue.

— O dia *seguinte*.

— Foi o que disse Miss Fortescue. — A voz de Mary continuava impessoal. — Ela me falou que queria que ele viesse e ficasse aqui na casa, então mandei um quarto ser preparado. Agora, depois dessas outras duas tragédias, parece mais adequado que ele permaneça no hotel.

— O Golf Hotel?

— Sim.

— Entendo — disse o inspetor Neele.

Ellen juntou os lençóis e toalhas e saiu do quarto.

Mary Dove olhou para Neele com expressão interrogativa.

— O senhor queria falar comigo sobre alguma coisa?

Neele respondeu, agradável:

— Tem se revelado importante conseguir testemunhos claros sobre os horários exatos. Todos os membros da família parecem um pouco vagos sobre o tempo, o que é compreensível. A senhorita por outro lado, Miss Dove, me parece extremamente precisa em suas declarações quanto aos horários.

— O que também é compreensível!

— Sim, talvez... Certamente devo parabenizá-la pela maneira como manteve esta casa funcionando, apesar do... bem, do pânico... que essas últimas mortes devem ter causado. — Ele fez uma pausa antes de perguntar, curioso: — Como a senhorita conseguiu isso?

Ele havia percebido, com astúcia, que a única fenda na armadura da inescrutabilidade de Mary Dove era seu prazer pela própria eficiência. Ela relaxou ligeiramente enquanto respondia.

— Os Crump queriam partir na mesma hora, é claro.

— Nós não teríamos permitido.

— Eu sei. Mas eu também disse a eles que era provável que Mr. Percival Fortescue fosse... bem... *generoso* com aqueles que o pouparam de inconveniências.

— E Ellen?

— Ellen não deseja ir embora.

— Ellen não deseja ir embora — repetiu Neele. — Ela tem bons nervos.

— Ela gosta de desastres — corrigiu Mary Dove. — Assim como Mrs. Percival, ela encontra no desastre uma espécie de drama prazeroso.

— Interessante. Você acha que Mrs. Percival tem... gostado das tragédias?

— Não, claro que não. Isso seria demais. Eu diria apenas que isso permitiu que ela... bem... as enfrentasse.

— E como a senhorita foi afetada, Miss Dove?

Mary Dove deu de ombros.

— Não tem sido uma experiência agradável — respondeu secamente.

O Inspetor Neele sentiu novamente um desejo de quebrar as defesas dessa jovem fria para descobrir o que realmente se passava por trás de sua cuidadosa e eficiente postura contida.

Ele apenas disparou:

— Agora, para recapitular horários e lugares: a última vez que viu Gladys Martin foi no corredor antes do chá, e isso foi às 16h40?

— Sim... eu disse a ela para servir o chá.

— A senhorita estava vindo de onde?

— Lá de cima; pensei ter ouvido o telefone alguns minutos antes.

— Gladys, provavelmente, atendeu o telefone?

— Sim. Era engano. Alguém que queria falar com a Lavanderia Baydon Heath.

— E essa foi a última vez que a senhorita a viu?

— Ela levou a bandeja de chá para a biblioteca cerca de dez minutos depois.

— E Miss Elaine Fortescue chegou após isso?

— Sim, cerca de três ou quatro minutos. Então subi para dizer à Mrs. Percival que o chá estava pronto.

— A senhorita costuma fazer isso sempre?

— Ah, não, as pessoas vinham para o chá quando queriam, mas Mrs. Fortescue perguntou onde estavam todos. Eu pensei ter ouvido Mrs. Percival chegando, mas isso foi um erro...

Neele a interrompeu. Aquilo era novo.

— A senhorita quer dizer que ouviu alguém se movendo lá em cima?

— Sim, no topo da escada. Mas ninguém desceu, então eu subi. Mrs. Percival estava em seu quarto. Ela tinha acabado de entrar. Saíra para dar uma caminhada...

— Saiu para uma caminhada... entendo. E o horário...

— Ah, quase 17 horas, eu acho.
— E Mr. Lancelot Fortescue chegou... quando?
— Alguns minutos depois que desci novamente. Pensei que ele tivesse chegado mais cedo, mas...

Inspetor Neele a interrompeu:
— Por que pensou que ele houvesse chegado mais cedo?
— Porque pensei vê-lo pela janela no meio da escada.
— No jardim, quer dizer?
— Sim, vi alguém de relance através da cerca viva de teixo e pensei que provavelmente fosse ele.
— Isso foi quando a senhorita estava descendo, depois de dizer à Mrs. Percival Fortescue que o chá estava pronto?

Mary o corrigiu.
— Não, não foi nessa hora, foi antes, quando desci pela primeira vez.

Inspetor Neele a encarou.
— Tem certeza disso, Miss Dove?
— Sim, certeza absoluta. É por isso que fiquei surpresa ao vê-lo, quando ele de fato tocou a campainha.

Neele balançou a cabeça. Manteve sua empolgação interior longe do tom de voz ao dizer:
— Não pode ter sido Lancelot Fortescue que a senhorita viu no jardim. O trem dele, que deveria chegar às 16h28, atrasou nove minutos. Ele chegou à estação Baydon Heath às 16h37. Precisou esperar alguns minutos por um táxi, pois aquele trem está sempre muito cheio. Na verdade, eram quase 16h45, cinco minutos depois de a senhorita ter visto o homem no jardim, quando ele saiu da estação, e são dez minutos de carro até aqui. Ele pagou o táxi no portão daqui cerca de 16h55, no mínimo. Não, não foi Lancelot Fortescue que a senhorita viu.
— Tenho certeza de que vi alguém.
— Sim, a senhorita viu alguém. Estava escurecendo. Não conseguiu ver o homem com clareza?

— Ah, não, não consegui ver seu rosto nem nada parecido, apenas sua constituição, alta e esguia. Estávamos esperando Lancelot Fortescue, então concluí que fosse ele.

— O homem seguia... para onde?

— Ao longo da cerca viva de teixo, do outro lado dela, em direção à ala leste da casa.

— Há uma porta lateral lá. Fica trancada?

— Apenas durante a noite.

— Qualquer um poderia ter entrado por aquela porta lateral sem ser observado por ninguém da casa.

Mary Dove pensou.

— Acho que sim. Sim. — Ela acrescentou rapidamente: — O senhor quer dizer... a pessoa que ouvi mais tarde no andar de cima poderia ter entrado por ali? Poderia estar escondida... lá em cima?

— É possível.

— Mas quem?

— Isso é o que precisamos descobrir. Obrigado, senhorita Dove.

Quando ela se virou para ir embora, o Inspetor Neele perguntou, em tom casual:

— A propósito, a senhorita não teria nada a me informar sobre pássaros, suponho?

Pela primeira vez, ou assim parecia, Mary Dove foi pega de surpresa. Ela se virou bruscamente.

— Eu... o que o senhor disse?

— Eu só estava lhe perguntando sobre pássaros.

— O senhor quer dizer...

— Passarinhos — repetiu o Inspetor Neele.

Ele estava com sua expressão mais estúpida.

— O senhor se refere àquela besteira do verão passado? Mas certamente isso não pode... — Ela hesitou.

O Inspetor Neele respondeu, em tom agradável:

— Houve alguns comentários sobre o acontecido, mas eu tinha certeza de que receberia um relato claro da senhorita.

Mary Dove voltou a assumir sua postura calma e prática.

— Deve ter sido uma piada boba e maldosa — disse ela.

— Quatro passarinhos mortos apareceram na mesa de Mr. Fortescue em seu escritório aqui na casa. Era verão e as janelas estavam abertas, e pensamos que devia ter sido o filho do jardineiro, embora ele tenha insistido que nunca fizera nada parecido. Mas os pássaros que o jardineiro havia caçado e pendurado perto dos arbustos eram de fato pretos.

— E alguém os cortou e os colocou na mesa de Mr. Fortescue?

— Sim.

— Alguma razão por trás disso, alguma associação com passarinhos?

Mary balançou a cabeça.

— Acho que não.

— Como Mr. Fortescue reagiu? Ele ficou incomodado?

— Naturalmente ele ficou incomodado.

— Mas não ficou perturbado de alguma forma?

— Eu realmente não consigo lembrar.

— Entendo — concluiu o inspetor Neele.

E não disse mais nada. Mary Dove virou-se para sair de novo, mas dessa vez, pensou ele, o fez de má vontade, como se quisesse saber mais do que se passava em sua mente. De maneira ingrata, tudo o que o Inspetor Neele sentiu foi aborrecimento com Miss Marple. Ela tinha sugerido que haveria passarinhos e, de fato, lá estavam eles! Não 24, é verdade. Mas poderia ser chamado de um gesto simbólico.

Isso aconteceu no verão passado, e onde se encaixava, o inspetor não conseguia imaginar. Não permitiria que aquele bicho-papão em forma de pássaro o distraísse de uma investigação lógica e séria de um assassinato cometido por um assassino são e por um motivo lógico, mas seria forçado dali em diante a manter em mente as possibilidades mais fantasiosas do caso.

Capítulo 15

— Sinto muito por incomodá-la novamente, Miss Fortescue, mas quero ser bem, bem claro sobre isso. Pelo que sabemos, a senhorita foi a última pessoa, ou melhor, a última pessoa exceto uma, a ver Mrs. Fortescue viva. Eram cerca de 17h20 quando a senhorita saiu da sala de estar?

— Por volta desse horário — respondeu Elaine. — Não posso afirmar com precisão. — Ela acrescentou, defensiva: — Ninguém olha o relógio o tempo todo.

— Não, claro que não. Durante o tempo em que ficou sozinha com Mrs. Fortescue depois que os outros foram embora, sobre o que conversaram?

— Importa sobre o que conversamos?

— Provavelmente não — disse o Inspetor Neele. — Mas pode me dar alguma pista sobre o que se passava na mente de Mrs. Fortescue.

— Quer dizer... o senhor acha que ela mesma pode ter feito isso?

O Inspetor Neele notou o brilho em seu rosto. Certamente seria uma solução muito conveniente para a família. Ele não acreditava que aquela possibilidade fosse verdadeira nem por um momento. Adele Fortescue não era, em sua opinião, um tipo suicida. Mesmo se ela tivesse envenenado o marido e estivesse convencida de que o crime estava perto de ser resolvido, ela nunca pensaria em se matar, Neele achava. Ela teria certeza de que, com otimismo, mesmo que fosse julgada por assassinato, certamente seria absolvida. Contudo, não se opunha que Elaine Fortescue adotasse a hipótese. Foi, portanto, com toda a sinceridade que ele falou:

— Essa possibilidade existe, ao menos, Miss Fortescue. Agora talvez a senhorita me diga sobre o que conversaram?

— Bem, na verdade foi sobre minhas questões. — Elaine hesitou.

— E suas questões são...? — Ele fez uma pausa questionadora com uma expressão cordial.

— Eu... um amigo meu acabara de chegar na vizinhança, e eu estava perguntando a Adele se ela teria alguma objeção a... a meu pedido para que ele ficasse aqui em casa.

— Ah. E quem é esse amigo?

— Mr. Gerald Wright. Ele é professor. Ele... ele está hospedado no Golf Hotel.

— Um amigo muito próximo, talvez?

O Inspetor Neele sorriu de um modo avuncular que acrescentou pelo menos quinze anos à sua idade.

— Podemos esperar um anúncio interessante em breve, talvez?

Ele quase ficou com pena ao ver o gesto sem graça da garota e o rubor em seu rosto. Ela estava apaixonada pelo sujeito, com certeza.

— Nós... não estamos noivos ainda, e é claro que não poderíamos fazer o anúncio agora, mas... bem, sim, acho que sim... Quero dizer, acho que vamos nos casar.

— Parabéns — disse o inspetor em tom agradável. — Mr. Wright está hospedado no Golf Hotel, a senhorita disse? Há quanto tempo?

— Eu telegrafei a ele quando meu pai morreu.

— E ele veio imediatamente. *Entendo* — falou o Inspetor Neele.

Ele usou sua expressão favorita com um tom amigável e tranquilizador.

— O que Mrs. Fortescue respondeu quando a senhorita perguntou a ela sobre a vinda dele?

— Ah, ela disse que tudo bem, eu poderia receber quem eu quisesse.

— Ela foi legal, então?
— Não exatamente legal. Quero dizer, ela disse...
— Sim, o que mais ela disse?

Elaine enrubesceu novamente.

— Ah, uma bobagem sobre eu ser capaz de encontrar alguém muito melhor para mim agora. Era o tipo de coisa que Adele diria.

— Ah, bem — comentou o Inspetor Neele para apaziguá-la —, os parentes dizem esse tipo de coisas.

— Sim, sim, é verdade. Mas as pessoas costumam ter dificuldade para... apreciar Gerald de maneira adequada. Ele é um intelectual, sabe, e tem muitas ideias não convencionais e progressistas das quais as pessoas não gostam.

— É por isso que ele não se dava bem com seu pai?

Elaine corou bastante.

— Meu pai era muito preconceituoso e injusto. Ele feriu os sentimentos de Gerald. Na verdade, Gerald ficou tão chateado com a atitude de meu pai que foi embora e não me deu notícias por semanas.

E provavelmente não daria mais notícias se seu pai não tivesse morrido e deixado um monte de dinheiro para você, pensou o Inspetor Neele. Em voz alta, perguntou:

— Houve mais alguma conversa entre a senhorita e Mrs. Fortescue?

— Não. Não, creio que não.

— E isso foi por volta das 17h25, e Mrs. Fortescue foi encontrada morta 17h55. A senhorita não voltou ao cômodo durante aquela meia hora?

— Não.

— O que estava fazendo?

— Eu... eu saí para uma volta.

— Até o Golf Hotel?

— Eu... bem, sim, mas Gerald não estava.

O inspetor disse "entendo" novamente, mas dessa vez com um tom de encerramento. Elaine Fortescue levantou-se e disse:

— Isso é tudo?
— Isso é tudo, obrigado, Miss Fortescue.
Enquanto ela saía, Neele perguntou casualmente:
— A senhorita não teria nada a me dizer sobre passarinhos, teria?
Ela o encarou.
— Passarinhos? Quer dizer, os da torta?
Eles *deveriam estar* em uma torta, pensou o inspetor. Mas apenas disse:
— Quando foi isso?
— Ah! Três ou quatro meses atrás, e havia alguns na mesa de papai também. Ele ficou furioso...
— Furioso, é? Fez muitas perguntas?
— Sim, claro, mas não conseguimos descobrir quem os colocou lá.
— Tem alguma ideia de por que ele estava tão bravo?
— Bem, foi uma coisa horrível de se fazer, não foi?
Neele olhou pensativo para ela, mas não viu nenhum sinal de evasão em seu rosto. Então falou:
— Ah, só mais uma coisa, Miss Fortescue. A senhorita sabe se sua madrasta fez um testamento em algum momento?
— Não faço ideia, eu... suponho que sim. As pessoas costumam fazer, não é?
— Eles deveriam fazer, mas nem sempre é o caso. A senhorita mesma já fez o seu, Miss Fortescue?
— Não... não... Eu não tinha... até agora não tinha nada para deixar... Agora, é claro...
Ele viu a compreensão da nova realidade em seus olhos.
— Sim — disse ele. — Cinquenta mil libras é uma grande responsabilidade... isso muda muitas coisas, Miss Fortescue.

Por alguns minutos depois que Elaine Fortescue saiu da sala, o Inspetor Neele ficou olhando à frente, pensativo. Ele tinha, de fato, mais coisas em que pensar. A declaração de Mary Dove de que vira um homem no jardim por volta das 16h35 abria novas possibilidades. Isso, é claro, se Mary Dove estivesse falando a verdade. Nunca era do hábito do Inspetor Neele presumir que alguém falava a verdade. Mas, por mais que avaliasse seu testemunho, não conseguia ver nenhuma razão real para ela mentir. Ele estava inclinado a pensar que Mary Dove falara a verdade quando afirmou ter visto um homem no jardim. Estava bem claro que aquele homem não poderia ter sido Lancelot Fortescue, embora sua razão para presumir isso a princípio fosse bastante natural nas circunstâncias. Não era Lancelot Fortescue, mas um homem de mesma altura e constituição, e se houvesse um homem no jardim naquele momento específico... mais do que isso, um homem movendo-se furtivamente, a julgar pela maneira como se esgueirava por trás das sebes de teixo, isso certamente abria uma linha de raciocínio.

Além dessa declaração, havia outra de que ela escutara alguém andando no andar de cima. Isso, por sua vez, se ligava a outra coisa. O pequeno pedaço de lama que ele encontrou no chão do quarto de Adele Fortescue. A mente do Inspetor Neele concentrou-se na pequena e delicada escrivaninha daquela sala. Uma antiguidade bonitinha e falsificada, com uma gaveta secreta bastante óbvia. Havia três cartas naquela gaveta, escritas por Vivian Dubois para Adele Fortescue. Muitas cartas de amor, de um tipo ou de outro, passaram pelas mãos do inspetor ao longo de sua carreira. Ele conhecia cartas apaixonadas, cartas tolas, cartas sentimentais e cartas aborrecidas. Também havia cartas cautelosas. O Inspetor Neele estava inclinado a classificar essas três como do último tipo. Mesmo se lidas no tribunal de divórcio, poderiam passar como inspiradas por uma amizade meramente platônica. Embora, neste caso: "amizade platônica, uma ova!", pensou o inspetor com deselegância. Neele mandou as cartas para a Scotland Yard assim que as encontrou, pois naquela época a questão principal era se o Ministério Público pensava que havia provas suficientes para prosseguir com o processo contra Adele Fortescue, ou Adele Fortescue e Vivian Dubois juntos. Tudo indicava que Rex Fortescue fora envenenado por sua esposa com ou sem a conivência de seu amante. Essas cartas, embora cautelosas, deixavam bastante claro que Vivian Dubois era seu amante, mas não havia nas palavras, pelo que o Inspetor Neele pôde ver, quaisquer sinais de incitação ao crime. Pode ter havido um tipo de incitamento verbal, mas Vivian Dubois seria cauteloso demais para colocar algo desse tipo no papel.

O inspetor presumiu, com precisão, que Vivian Dubois pedira a Adele Fortescue para destruir suas cartas, e que Adele Fortescue lhe dissera que o fizera.

Bem, agora eles tinham mais duas mortes nas mãos. O que significava, ou deveria significar, que Adele Fortescue não matara o marido.

Ou melhor, a menos que — o Inspetor Neele considerou uma nova hipótese — Adele Fortescue quisesse se casar com Vivian Dubois, e Vivian Dubois não quisesse Adele Fortescue, mas as 100 mil libras que viriam para ela com a morte do marido. Ele havia presumido, talvez, que a morte de Rex Fortescue seria atribuída a causas naturais. Algum tipo de convulsão ou derrame. Afinal, todos pareciam preocupados com a saúde do homem no ano passado. (O Inspetor Neele disse a si mesmo que precisava investigar essa questão. Tinha um sentimento subconsciente de que poderia ser importante de alguma forma.) Continuando, a morte de Rex Fortescue não ocorrera de acordo com o planejado. Fora diagnosticada sem perda de tempo como envenenamento, apontando-se prontamente o nome do veneno utilizado.

Supondo que Adele Fortescue e Vivian Dubois fossem culpados, em que estado ficariam? Vivian Dubois sentiria medo e Adele Fortescue perderia a cabeça. Ela pode ter feito ou dito coisas tolas. Pode ter telefonado para Dubois, falando indiscretamente de uma maneira que ele imaginaria que poderia ter sido ouvida no Chalé dos Teixos. O que Vivian Dubois teria feito a seguir?

Ainda era cedo para tentar responder a essa pergunta, mas o inspetor decidiu muito em breve fazer perguntas no Golf Hotel, para saber se Dubois entrara ou saíra do local entre as 16h15 e as 18h. Vivian Dubois era alto e moreno como Lance Fortescue. Ele poderia ter se esgueirado pelo jardim até a porta lateral, subido as escadas e depois o quê? Procurado as cartas e descoberto que tinham sumido? Esperado ali, talvez, até que a barra estivesse limpa, para depois descer à biblioteca quando o chá tivesse terminado e Adele Fortescue estivesse sozinha?

Mas isso tudo estava indo rápido demais...

Neele interrogara Mary Dove e Elaine Fortescue; agora deveria ver o que a esposa de Percival Fortescue tinha a dizer.

Capítulo 16

O inspetor Neele encontrou Mrs. Percival no andar de cima, escrevendo cartas em sua sala de estar. Ela se levantou com nervosismo quando ele entrou.

— Aconteceu alguma coisa... o quê...?

— Por favor, sente-se, Mrs. Fortescue. Apenas preciso lhe fazer mais algumas perguntas.

— Ah, sim. É claro, inspetor. É tudo tão tenebroso, não é? Deveras tenebroso.

Ela se sentou em uma poltrona, nervosa. O Inspetor Neele se sentou ao seu lado, em uma cadeira pequena e simples. Ele a avaliou com mais cuidado do que o fizera anteriormente. De certa forma, um tipo medíocre de mulher, pensou, além de um tanto infeliz. Inquieta, insatisfeita, de visão limitada; no entanto, ele achava que ela poderia ter sido eficiente e habilidosa em sua carreira como enfermeira hospitalar. Por mais que tivesse conquistado tempo livre ao se casar com um homem próspero, isso não parecia lhe satisfazer. Ela comprava roupas, lia romances e comia doces, mas o inspetor se lembrava de sua empolgação na noite da morte de Rex Fortescue, e a interpretara não tanto como uma satisfação macabra, mas sim como uma revelação dos áridos desertos do tédio que cerceavam sua vida. Seus olhos piscaram rapidamente e baixaram diante do olhar escrutinador dele. Tal reação lhe cedeu uma aparência tanto nervosa quanto culpada, mas ele não teve certeza de qual condizia com a realidade.

— Receio — disse ele, suave — que precisaremos interrogar as pessoas várias vezes. Deve ser bastante cansativo para todos vocês. Eu compreendo isso, mas muita coisa depende, espero que entenda, do *momento* exato dos eventos. A senhora desceu para o chá um pouco tarde, pelo que entendi? Na verdade, Miss Dove veio buscá-la.

— Sim. Sim, é verdade. Ela veio e disse que o chá estava servido. Eu não fazia ideia de que era tão tarde. Estava escrevendo cartas.

O Inspetor Neele apenas relanceou para a escrivaninha.

— Entendo — disse ele. — Por algum motivo, pensei que a senhora tinha saído para dar uma caminhada.

— Ela disse isso? Sim... creio agora que o senhor está certo. Eu estava escrevendo cartas, até que ficou tão abafado e minha cabeça doeu, então saí e, hã, fui dar uma caminhada. Apenas em volta do jardim.

— Entendo. A senhora não encontrou ninguém?

— Encontrar alguém? — Ela o encarou. — O que quer dizer?

— Eu só queria saber se a senhora viu alguém, ou alguém a viu, durante esta sua caminhada.

— Eu vi o jardineiro ao longe, só isso. — Ela o olhava com desconfiança.

— Então a senhora entrou, subiu até seu quarto, e estava tirando o casaco quando Miss Dove chegou para lhe dizer que o chá estava pronto?

— Sim. Sim, então desci.

— E quem estava lá?

— Adele e Elaine, e um ou dois minutos depois, Lance chegou. Meu cunhado, sabe. Aquele que voltou do Quênia.

— E então todos tomaram chá?

— Sim, tomamos chá. Então Lance foi ver tia Effie e eu vim aqui para terminar minhas cartas. Deixei Elaine lá com Adele.

Ele assentiu de maneira tranquilizadora.

— Sim. Miss Fortescue parece ter ficado com Mrs. Fortescue por uns cinco ou dez minutos depois que a senhora saiu. Seu marido ainda não tinha voltado para casa?

— Ah, não. Percy... Val não chegou em casa até cerca de 18h30 ou 19 horas. Ele ficou retido na cidade.

— E voltou de trem?

— Sim. Pegou um táxi na estação.

— Era incomum ele voltar de trem?

— Às vezes ele volta. Não com muita frequência. Acho que esteve em lugares na cidade onde é bastante difícil estacionar o carro. Foi mais fácil para ele pegar um trem para casa na Cannon Street.

— Entendo — disse o Inspetor Neele. E continuou: — Perguntei ao seu marido se Mrs. Fortescue fizera um testamento antes de morrer. Ele disse que achava que não. Por acaso a senhora tem alguma ideia?

Para sua surpresa, Jennifer Fortescue assentiu.

— Ah, sim — afirmou ela. — Adele fez um testamento. Ela me contou.

— É mesmo?! Quando foi isso?

— Ah, não faz muito tempo. Há cerca de um mês, eu acho.

— Muito interessante — disse o inspetor.

Mrs. Percival se inclinou para a frente, ansiosa. Seu rosto estava cheio de animação. Ela claramente gostava de exibir seu conhecimento superior.

— Val não sabia — falou ela. — Ninguém sabia. Acontece que eu descobri por acaso. Eu estava na rua. Tinha acabado de sair da papelaria, então vi Adele saindo do escritório do advogado. Ansell e Worrall's, sabe. Na rua principal.

— Ah — respondeu Neele. — Os advogados locais?

— Sim. E eu perguntei a Adele: "O que estava fazendo aí dentro?" E ela riu e respondeu: "Claro que você quer saber!" E então, enquanto caminhávamos juntas, ela falou: "Vou te contar, Jennifer. Estava fazendo meu testamento." "Ora", respondi, "por que está fazendo isso, Adele, você não está doente nem nada, está?" E ela disse que não, claro que não estava doente. Nunca se sentira melhor. Mas todo mundo deve fazer um testamento. Ela disse que não iria em um daqueles arrogantes advogados de família em Londres, como Mr. Billingsley. Disse que o velho sorrateiro agiria pelas suas costas e contaria para a família. "Não", continuou ela, "meu testamento é problema meu, Jennifer, e o farei do meu jeito e ninguém vai saber." "Bem, Adele", falei, "*eu* não contarei a ninguém." E ela disse: "Não importa se contar. Você não saberá o que há nele." Mas eu não contei a ninguém. Não, nem mesmo a Percy. Acho que as mulheres devem ficar unidas, não acha, inspetor?

— Tenho certeza de que é um sentimento muito bom de sua parte, Mrs. Fortescue — afirmou o Inspetor Neele diplomaticamente.

— Tenho certeza de que nunca fui maldosa — disse Jennifer. — Eu não era muito fã de Adele, se é que me entende. Sempre achei que fosse o tipo de mulher que faria qualquer coisa para conseguir o que queria. Agora que ela está morta, talvez eu a tenha julgado mal, pobre alma.

— Bem, muito obrigado, Mrs. Fortescue, por me ser tão útil.

— Não foi nada, imagina. Fico muito feliz em fazer tudo o que posso. É tudo tão terrível, não é? Quem é aquela senhora que chegou esta manhã?

— É uma tal Miss Marple. Ela foi muito gentil em vir até aqui para nos dar todas as informações que pudesse sobre a jovem Gladys. Parece que Gladys Martin já esteve a serviço dela.

— Jura? Que interessante.

— Há outra coisa, Mrs. Percival. A senhora sabe alguma coisa sobre pássaros?

Jennifer Fortescue estremeceu violentamente. Largou a bolsa no chão e se abaixou para pegá-la.

— Pássaros, inspetor? Pássaros? Que tipos de pássaros?

Sua voz estava bastante ofegante. Com um sorrisinho, o Neele respondeu:

— Passarinhos, apenas. Vivos ou mortos, ou até mesmo, como posso dizer, simbólicos?

Jennifer Fortescue disse bruscamente:

— Eu não sei o que quer dizer. Não sei do que está falando.

— A senhora não sabe nada sobre passarinhos, então, Mrs. Fortescue?

Ela declarou, devagar:

— Suponho que esteja se referindo aos do verão passado, na torta. Uma bobagem.

— Também havia alguns na mesa da biblioteca, não havia?

— Tudo não passou de uma brincadeira muito tola. Eu não sei quem anda falando com o senhor sobre isso. Mr. Fortescue, meu sogro, ficou muito aborrecido.

— Apenas aborrecido? Nada mais?

— Ah. Eu sei o que quer dizer. Sim, suponho... sim, é verdade. Ele nos perguntou se havia estranhos nas redondezas.

— Estranhos! — O Inspetor Neele ergueu as sobrancelhas.

— Bem, foi o que ele disse — retrucou Mrs. Percival, defensiva.

— Estranhos — repetiu o Inspetor Neele, pensativo. Então perguntou: — Ele parecia estar com medo de alguma forma?

— Com medo? Não sei o que quer dizer.

— Nervoso. Sobre haver estranhos, quero dizer.

— Sim. Sim, ele estava, bastante. Claro que não me lembro muito bem. Faz vários meses, sabe. Eu não acho que tenha sido nada além de uma piada boba. Crump, talvez. Eu realmente acho que Crump é um homem muito desequilibrado, e tenho certeza absoluta de que bebe. Ele é realmente muito insolente em suas maneiras, às vezes. Às vezes me pergunto se ele poderia ter rancor de Mr. Fortescue. O senhor acha que isso é possível, inspetor?

— Tudo é possível — respondeu o Inspetor Neele e foi embora.

Percival Fortescue estava em Londres, mas o Inspetor Neele encontrou Lancelot sentado com sua esposa na biblioteca. Eles estavam jogando xadrez juntos.

— Não quero interrompê-los — disse Neele, se desculpando.

— Estamos apenas matando tempo, inspetor, não é, Pat?
Pat assentiu.
— Imagino que achem minha pergunta um tanto tola — disse Neele. — Mas sabem alguma coisa sobre pássaros, Mr. Fortescue?
— Pássaros? — Lance pareceu entretido. — Que tipo de passarinhos? Você quer dizer pássaros de verdade, ou algum outro tipo?
O Inspetor Neele respondeu com um sorriso repentino e encantador:
— Não tenho certeza do que quero dizer, Mr. Fortescue. Acontece que surgiu uma menção à pássaros.
— Meu Deus. — Lancelot pareceu subitamente alerta. — Não é a velha Mina dos Pássaros, suponho?
O Inspetor Neele disse bruscamente:
— A Mina dos Pássaros? O que é isso?
Lance franziu a testa, perplexo.
— O problema é, inspetor, que eu realmente não consigo me lembrar de muita coisa. Só tenho uma vaga ideia sobre alguma transação duvidosa no passado do meu pai. Algo na costa oeste da África. Tia Effie, eu acho, uma vez jogou na cara dele, mas eu não me lembro de nada definitivo.
— Tia Effie? Essa é Miss Ramsbottom, não é?
— Sim.
— Vou perguntar a ela sobre isso — disse o Inspetor Neele. Ele acrescentou com pesar: — Ela é uma senhora formidável, Mr. Fortescue. Sempre me deixa muito nervoso.
Lance riu.
— Sim. Tia Effie é certamente uma figura, mas pode ser útil para você, inspetor, se o senhor cair nas graças dela. Especialmente se estiver mergulhando no passado. Ela tem uma memória excelente e sente verdadeiro prazer em se lembrar de qualquer coisa que seja de alguma forma prejudicial. — Ele acrescentou, pensativo: — Há outra coisa. Subi para vê-la, sabe, logo depois que voltei aqui. Imediatamente após

o chá naquele dia, na verdade. E ela estava falando sobre Gladys. A empregada que foi morta. Não que soubéssemos que ela estava morta, é claro. Mas tia Effie dizia que estava bastante convencida de que Gladys sabia algo que não contara à polícia.

— Isso é quase certo — disse o Inspetor Neele. — Agora ela não vai contar nunca, pobrezinha.

— Não. Parece que tia Effie lhe deu um bom conselho sobre contar tudo o que sabia. Pena que a garota não aceitou.

O Inspetor Neele assentiu. Preparando-se para o encontro, ele adentrou a fortaleza de Miss Ramsbottom. Para sua surpresa, encontrou Miss Marple lá. As duas senhoras pareciam discutir missões estrangeiras.

— Eu vou embora, inspetor — anunciou Miss Marple, levantando-se apressadamente.

— Não há necessidade, senhora — disse o Inspetor Neele.

— Convidei Miss Marple para se hospedar aqui na casa — disse Miss Ramsbottom. — Não faz sentido gastar dinheiro naquele ridículo Golf Hotel. Um ninho perverso de aproveitadores, é o que é. Bebendo e jogando carteado a noite toda. É melhor ficar em uma casa cristã decente. Há um quarto ao lado do meu. Dra. Mary Peters, a missionária, ficou nele da última vez.

— É muito, muito gentil de sua parte — respondeu Miss Marple —, mas realmente acho que não devo me intrometer em uma casa de luto.

— Luto? Que baboseira — retrucou Miss Ramsbottom. — Quem vai chorar por Rex nesta casa? Ou mesmo Adele? Ou é com a polícia que está preocupada? Alguma objeção, inspetor?

— Nenhuma de minha parte, senhora.

— Pronto — disse Miss Ramsbottom.

— É muito gentil de sua parte — agradeceu Miss Marple. — Vou telefonar para o hotel para cancelar minha reserva.

Quando ela saiu do quarto, Miss Ramsbottom perguntou rispidamente ao inspetor:

— Bem, e o que *você* quer?

— Gostaria de saber se a senhora poderia me contar algo sobre a Mina dos Pássaros.

Miss Ramsbottom soltou uma gargalhada repentina e estridente.

— Rá. Você descobriu *isso*, não foi?! Pegou a dica que lhe dei outro dia. Bem, o que quer saber?

— Qualquer coisa que puder me dizer, senhora.

— Não tenho muito a dizer. Já faz muito tempo... ah, 25 anos, talvez. Uma ou outra concessão na África Oriental. Meu cunhado entrou nisso com um homem chamado MacKenzie. Eles foram lá para investigar a mina juntos e MacKenzie morreu de febre. Rex voltou para casa e disse que a petição, ou concessão, ou seja lá como se chama, de nada valia. Isso é tudo que *eu* sei.

— Acho que a senhora sabe um pouco mais do que isso — disse Neele em tom persuasivo.

— Todo o resto são boatos. Pelo que sei, vocês da lei não gostam de boatos.

— Não estamos no tribunal ainda, senhora.

— Bem, *eu* não tenho nada a lhe dizer. Os MacKenzie criaram uma confusão. Isso é tudo que sei. Eles insistiram que Rex passara a perna em MacKenzie. Ouso dizer que é verdade. Ele era um sujeito esperto e sem escrúpulos, mas não tenho dúvidas de que seja lá o que ele fez foi legal. Eles não conseguiram provar nada. Mrs. MacKenzie era uma mulher desequilibrada. Veio aqui e fez muitas ameaças de vingança. Disse que Rex havia assassinado seu marido. Uma gritaria besta e melodramática! Acho que era um pouco maluca... na verdade, acho que foi para um asilo pouco depois. Veio aqui arrastando duas crianças pequenas que pareciam mortas de medo. Disse que criaria os filhos para que eles se vingassem. Algo assim. Uma bobajada sem tamanho. Bem, isso é tudo que posso lhe dizer. E veja bem, a Mina dos Pássaros não foi a única falcatrua que Rex fez na vida. Encontrará muito mais se procurar. O que o levou a ela? Encontrou alguma trilha que apontasse para os MacKenzie?

— Não sabe que fim levou a família, senhora?

— Não faço ideia — disse Miss Ramsbottom. — Olha, não acho que Rex teria realmente assassinado MacKenzie, mas ele pode o ter deixado para morrer. É a mesma coisa diante do Senhor, mas não diante da lei. Se ele fez isso, a retribuição o alcançou. Os moinhos de Deus moem lentamente, mas moem bem fino. É melhor ir embora agora, eu não tenho mais nada a lhe dizer e não adianta você pedir.

— Muito obrigado pelo que me contou — disse o Inspetor Neele.

— Mande aquela mulher Marple de volta — ordenou Miss Ramsbottom às suas costas. — Ela é frívola, como todos da Igreja da Inglaterra, mas sabe administrar uma instituição de caridade de maneira sensata.

O Inspetor Neele deu alguns telefonemas, o primeiro para Ansell e Worrall e o segundo para o Golf Hotel, depois chamou o Sargento Hay e disse que sairia da casa por um curto período.

— Preciso dar um pulo no escritório de um advogado. Depois disso, você poderá me encontrar no Golf Hotel se algo urgente aparecer.

— Sim, senhor.

— E descubra tudo o que puder sobre passarinhos — acrescentou Neele por sobre os ombros.

— Pássaros, senhor? — repetiu Sargento Hay, completamente confuso.

— Foi o que eu falei. Não passas, pássaros.

— Muito bem, senhor — disse o sargento, perplexo.

Capítulo 17

O Inspetor Neele considerava Mr. Ansell o tipo de advogado que é mais facilmente intimidado do que intimidador. Membro de um escritório pequeno e não muito próspero, ele ansiava não por fazer valer seus direitos, mas sim por ajudar a polícia de todas as maneiras possíveis.

Sim, falou, tinha feito um testamento para a falecida Mrs. Adele Fortescue. Ela ligou para o escritório dele cerca de cinco semanas antes. Pareceu-lhe um negócio bastante peculiar, mas naturalmente ele não disse nada. Coisas estranhas aconteciam na carreira de um advogado e, claro, o inspetor entenderia essa discrição etc. etc. Neele assentiu para mostrar que compreendia. Ele já descobrira que Mr. Ansell não fizera negócios jurídicos anteriores nem para Mrs. Fortescue nem para qualquer membro da família Fortescue.

— Naturalmente — disse Mr. Ansell —, ela não quis ir à firma de advogados do marido para tratar desse assunto.

Sem enrolações, os fatos eram simples. Adele Fortescue fizera um testamento deixando tudo o que possuía ao morrer para Vivian Dubois.

— Mas eu percebi — disse Mr. Ansell, olhando para Neele de forma interrogativa — que ela não tinha muito o que deixar.

O Inspetor Neele assentiu. Na época em que Adele Fortescue fez seu testamento, isso era verdade. Mas, desde então, Rex Fortescue morrera e Adele Fortescue herdara 100 mil libras e, presumivelmente, essas 100 mil libras (menos os custos do funeral) agora pertenciam a Vivian Edward Dubois.

* * *

No Golf Hotel, o Inspetor Neele encontrou Vivian Dubois aguardando sua chegada com nervosismo. Dubois estava a ponto de partir, na verdade já estava até com as malas feitas, quando recebeu um telefonema com um pedido educado do inspetor para que ficasse. Neele foi muito simpático, bastante apologético. Mas por trás das palavras convencionais, o pedido havia sido uma ordem. Vivian Dubois relutou, mas não muito.

Agora dizia:

— Espero que o senhor perceba, Inspetor Neele, que é muito inconveniente para mim ter que ficar. Eu realmente tenho negócios urgentes a tratar.

— Eu não sabia que o senhor trabalhava, Mr. Dubois — disse o Inspetor Neele, cordialmente.

— Receio que nenhum de nós consegue ter tanto tempo livre quanto gostaríamos de parecer hoje em dia.

— A morte de Mrs. Fortescue deve ter sido um grande choque para o senhor, Mr. Dubois. Eram grandes amigos, não eram?

— Sim — respondeu Dubois —, ela era uma mulher encantadora. Jogávamos golfe juntos com bastante frequência.

— Imagino que sinta muito a falta dela.

— Sim, de fato. — Dubois suspirou. — Essa situação toda é realmente muito, muito terrível.

— O senhor chegou a telefonar para ela, creio eu, na tarde de sua morte?

— Telefonei? Não consigo me lembrar agora.

— Por volta das 16 horas, pelo que soube.

— Sim, acredito que sim.

— Não se lembra o assunto da conversa, Mr. Dubois?

— Nada importante. Acho que perguntei como ela estava se sentindo e se havia mais notícias sobre a morte de seu marido... perguntas mais ou menos convencionais.

— *Entendo* — disse o Inspetor Neele. — E depois saiu para dar uma caminhada?

— Hã... sim, sim, eu... eu saí, acho. Não bem uma caminhada, eu joguei um pouco de golfe.

O Inspetor Neele respondeu em tom tranquilo:

— Creio que não, Mr. Dubois... Não naquele dia específico... O porteiro notou o senhor descendo a estrada em direção ao Chalé dos Teixos.

Os olhos de Dubois encontraram os dele, então se desviaram com nervosismo.

— Acho que não consigo me lembrar, inspetor.

— Talvez tenha ido visitar Mrs. Fortescue, na verdade?

Dubois disse bruscamente:

— Não. Não, eu não fiz isso. Não cheguei perto da casa em momento algum.

— Aonde o senhor foi então?

— Ah, eu segui pela estrada, desci até o pub Três Pombos, então dei meia-volta e retornei pelos campos de golfe.

— O senhor tem certeza de que não foi ao Chalé dos Teixos?

— Sim, inspetor.

O inspetor balançou a cabeça.

— Vamos lá, Mr. Dubois — insistiu ele. — É muito melhor ser franco conosco. O senhor pode ter tido um motivo bastante inocente para ir até lá.

— Eu lhe afirmo que não fui visitar Mrs. Fortescue em nenhum momento daquele dia.

O inspetor se levantou.

— Sabe, Mr. Dubois — disse ele, agradável. — Acho que teremos de lhe pedir uma declaração, e aconselho que o senhor tenha um advogado presente em tal momento. Estará perfeitamente dentro de seus direitos.

A cor sumiu do rosto de Mr. Dubois, deixando-o de um esverdeado doentio.

— O senhor está me ameaçando — disse ele. — O senhor está me ameaçando.

— Não, não, nada disso. — A voz do Inspetor Neele assumiu um tom chocado. — Não temos permissão para fazer nada desse tipo. Pelo contrário. Na verdade, estou lhe indicando seus direitos.

— Eu não tive nada a ver com isso tudo, estou dizendo! Nada a ver com isso.

— Vamos lá, Mr. Dubois, o senhor estava no Chalé dos Teixos por volta das 16h30 naquele dia. Alguém olhou pela janela, sabe, e viu o senhor.

— Eu estava apenas no jardim. Não entrei na casa.

— Não entrou? — perguntou o Inspetor Neele. — Tem certeza? O senhor não entrou pela porta lateral e subiu as escadas para a sala de estar de Mr. Fortescue no primeiro andar? Estava procurando por algo, não estava, na escrivaninha?

— *O senhor* está com elas, suponho — retrucou Dubois, mal-humorado. — Aquela idiota da Adele as guardou, então. Ela jurou que as tinha queimado. Mas elas não significam o que você imagina.

— O senhor não está negando, Mr. Dubois, que era um amigo *muito próximo* de Mrs. Fortescue?

— Não, claro que não. Como posso quando o senhor está com as cartas? Tudo o que digo é que não há necessidade de fazer qualquer interpretação sinistra delas. Não pense por um momento que nós, que ela, alguma vez pensou em se livrar de Rex Fortescue. Meu Deus, eu não sou *esse* tipo de homem!

— Mas talvez ela fosse esse tipo de mulher?

— Bobagem — exclamou Vivian Dubois. — Ela não foi morta também?

— Ah sim, sim.

— Bem, não é natural acreditar que a mesma pessoa que matou seu marido também a matou?

— Pode ser. Certamente pode ser. Mas existem outras soluções. Por exemplo, e esta é uma situação bastante hipotética, Mr. Dubois, é possível que Mrs. Fortescue tenha se livrado de seu marido e que, após a morte, ela tenha se tornado, de certo modo, um perigo para outra pessoa. Alguém que tenha, talvez, não a ajudado na missão em si, mas pelo menos a encorajado e fornecido, digamos, o *motivo* para tal. Ela pode representar um perigo para essa pessoa em particular, entende.

Dubois gaguejou:

— Você não p-p-pode construir um caso contra mim. Não pode.

— Ela fez um testamento, sabe — continuou o Inspetor Neele. — Ela deixou todo o dinheiro para você. Tudo que possuía.

— Eu não quero o dinheiro. Não quero um centavo.

— Claro, não é muito — disse o inspetor. — Há joias e algumas peles, mas pouquíssimo dinheiro em espécie, imagino.

Dubois olhou para ele, boquiaberto.

— Mas eu pensei que o marido dela...

Ele parou de repente.

— É mesmo, Mr. Dubois? — perguntou o Inspetor Neele, agora com a voz fria e dura feito aço. — Isso é muito interessante. Eu estava me perguntando se o senhor sabia os termos do testamento de Rex Fortescue...

A segunda entrevista do Inspetor Neele no Golf Hotel foi com Gerald Wright. Mr. Gerald Wright era um jovem magro, intelectual e com ares de superioridade. Ele não era, observou o inspetor, muito diferente de Vivian Dubois em constituição.

— O que posso fazer pelo senhor, Inspetor Neele? — perguntou ele.

— Achei que poderia nos ajudar com algumas informações, Mr. Wright.

— Informações? É mesmo? Parece muito improvável.

— É relacionado aos recentes eventos no Chalé dos Teixos. O senhor ouviu falar, é claro?

O Inspetor Neele instilou um pouco de ironia na pergunta. Mr. Wright deu um sorriso condescendente.

— Ouvir falar — disse ele — dificilmente seria a expressão correta. Os jornais parecem não ter outro assunto. Como nossa imprensa pública é incrivelmente sanguinária! Em que época vivemos! De um lado, a fabricação de bombas atômicas, do outro, nossos jornais se deliciam em relatar assassinatos brutais! Mas o senhor disse que tinha algumas perguntas a fazer. Realmente, não consigo ver quais podem ser. Não sei nada sobre este caso do Chalé dos Teixos. Na verdade, eu estava na Ilha de Man quando Mr. Rex Fortescue foi morto.

— O senhor chegou aqui logo depois, não foi, Mr. Wright? Recebeu um telegrama, creio eu, de Miss Elaine Fortescue.

— Nossa polícia sabe de tudo, não é? Sim, Elaine mandou me chamar. Eu vim, é claro, na mesma hora.

— E vocês dois, pelo que entendi, pretendem se casar em breve?

— Correto, Inspetor Neele. Espero que o senhor não tenha objeções.

— Isso é inteiramente da conta de Miss Fortescue. Entendo que a relação entre vocês data de algum tempo atrás? Seis ou sete meses, na verdade?

— Certo.

— O senhor e Miss Fortescue ficaram noivos. Mr. Fortescue recusou-se a dar consentimento e lhes informou que, se a filha se casasse contra a vontade dele, não se propunha a dar-lhe qualquer tipo de rendimento. Diante disso, pelo que soube, o senhor rompeu o noivado e partiu.

Gerald Wright sorriu com certo pesar.

— Uma maneira muito grosseira de colocar as coisas, Inspetor Neele. Na verdade, fui vitimado por minhas opiniões políticas. Rex Fortescue era o pior tipo de capitalista. Naturalmente, eu não poderia sacrificar minhas convicções e crenças políticas por dinheiro.

— Mas não tem objeções a se casar com uma mulher que acabou de herdar 50 mil libras?

Gerald Wright abriu um sorrisinho satisfeito.

— De forma alguma, Inspetor Neele. O dinheiro será usado em benefício da comunidade. Mas certamente o senhor não veio aqui para discutir comigo minhas circunstâncias financeiras ou convicções políticas, não é?

— Não, Mr. Wright. Eu gostaria de lhe falar sobre uma simples questão de fato. Como sabe, Mrs. Adele Fortescue morreu envenenada por cianureto na tarde de 5 de novembro. Já que o senhor estava nos arredores do Chalé dos Teixos naquela tarde, achei possível que pudesse ter visto ou ouvido algo relacionado ao caso.

— E o que o leva a crer que eu estava, como disse, nos arredores do Chalé dos Teixos naquele momento?

— O senhor deixou este hotel às 16h15 daquela tarde em particular, Mr. Wright. Ao sair do hotel, desceu a estrada em direção ao Chalé dos Teixos. Parece natural supor que estivesse indo para lá.

— Eu pensei em fazê-lo — disse Gerald Wright. — Mas considerei que seria um tanto inútil. Já tinha combinado de encontrar Miss Fortescue, Elaine, no hotel às 18 horas. Fui caminhar ao longo de uma alameda que sai da estrada principal e retornei ao Golf Hotel pouco antes das 18 horas. Elaine não cumpriu seu compromisso. Muito naturalmente, dadas as circunstâncias.

— Alguém o viu durante essa caminhada, Mr. Wright?

— Acho que alguns carros passaram por mim na estrada. Não vi nenhum conhecido, se é isso que quer dizer. A estrada não passava de uma via rural, lamacenta demais para carros.

— Então, entre a hora em que o senhor deixou o hotel, às 16h15, até as 18 horas, quando retornou, eu só tenho sua palavra quanto ao seu paradeiro?

Gerald Wright continuou a sorrir com ar superior.

— Muito angustiante para nós dois, inspetor, mas é o que é.

Neele disse suavemente:

— Então, se alguém disse que olhou pela janela da escada e viu o senhor no jardim do Chalé dos Teixos por volta das 16h35... — Ele fez uma pausa e deixou a frase inacabada.

Gerald Wright ergueu as sobrancelhas e balançou a cabeça.

— A visibilidade devia estar muito ruim àquela hora — afirmou ele. — Acho que seria difícil para qualquer um ter certeza.

— O senhor conhece Mr. Vivian Dubois, que também está hospedado aqui?

— Dubois. Dubois? Não, acho que não. É aquele homem alto e moreno com bom gosto para sapatos de camurça?

— Sim. Ele também saiu para dar uma caminhada naquela tarde, também saiu do hotel e passou pelo Chalé dos Teixos. Por acaso o senhor não o notou na estrada?

— Não. Não notei.

Gerald Wright pareceu ligeiramente preocupado pela primeira vez. O inspetor Neele concluiu, pensativo:

— Não era uma tarde muito agradável para caminhar, especialmente depois de escurecer em uma estrada lamacenta. É curioso como todos parecem ter se sentido tão enérgicos.

Quando o Inspetor Neele voltou à casa, foi saudado pelo Sargento Hay com um ar de satisfação.

— Descobri a respeito dos pássaros para o senhor — anunciou ele.

— É mesmo?

— Sim, senhor, estavam em uma torta. Uma torta fria foi separada para o jantar de domingo à noite. Alguém a pegou na despensa ou sei lá onde. Tiraram a crosta e depois a vitela e o que mais estivesse ali dentro, e o que acha que colocaram no lugar? Alguns pássaros fedorentos que tiraram do galpão do jardineiro. Peça desagradável de se pregar, não acha?

— "Não é uma ideia bem gostosa para o rei almoçar?" — disse o Inspetor Neele.

Ele deixou o Sargento Hay o encarando.

Capítulo 18

— Espere só um minuto — disse Miss Ramsbottom. — Já estou acabando essa partida de paciência.

Ela transferiu um rei e seus vários impedimentos para um espaço vazio, colocou um sete vermelho em um oito preto, juntou o quatro, cinco e seis de espadas em sua pilha de base, fez mais algumas transferências rápidas de cartas e depois recostou-se com um gesto de satisfação.

— Esse é o curinga — disse ela. — Não sai com frequência.

Então ergueu os olhos para a garota parada perto da lareira.

— Então você é a esposa de Lance — afirmou ela.

Pat, que fora convocada escada acima à presença de Miss Ramsbottom, acenou com a cabeça.

— Sim — respondeu.

— Você é alta — observou Miss Ramsbottom. — E parece saudável.

— Sou muito saudável.

Miss Ramsbottom assentiu com satisfação.

— A esposa de Percival é molenga — disse ela. — Come muitos doces e não faz exercícios suficientes. Bem, sente-se, criança, sente-se. Onde conheceu meu sobrinho?

— Eu o conheci no Quênia, quando estava lá com alguns amigos.

— Você já foi casada antes, pelo que sei.

— Sim. Duas vezes.

Miss Ramsbottom deu uma fungada profunda.

— Divórcio, eu suponho.

— Não — disse Pat. Sua voz falhou um pouco. — Ambos... morreram. Meu primeiro marido era piloto de aeronaves. Ele foi morto na guerra.

— E seu segundo marido? Deixe-me ver... alguém me contou. Atirou em si mesmo, não foi?

Pat assentiu.

— Culpa sua?

— Não — disse Pat. — Não foi minha culpa.

— Apostava nos cavalos, não era?

— Sim.

— Eu nunca entrei em uma pista de corrida na minha vida — declarou Miss Ramsbottom. — Apostas e jogos de cartas, tudo coisa do diabo!

Pat não respondeu.

— Eu não entraria em um teatro ou cinema, tampouco — continuou Miss Ramsbottom. — Ah, bem, é um mundo perverso hoje em dia. Muita maldade estava acontecendo nesta casa, mas o Senhor os derrubou.

Pat ainda achava difícil dizer qualquer coisa. Ela se perguntou se a tia Effie de Lance ainda estava ali. Ficou, no entanto, um pouco desconcertada pelo olhar astuto da velha senhora para ela.

— Quanto você sabe sobre a família de seu marido? — inquiriu tia Effie.

— Suponho — respondeu Pat — que tanto quanto em geral se sabe sobre a família do cônjuge.

— Hm, entendo. Bem, vou lhe contar: minha irmã era uma idiota, meu cunhado, um trapaceiro, Percival é um dissimulado e seu Lance sempre foi o menino mau da família.

— Acho isso tudo uma bobagem — afirmou Pat, com vigor.

— Talvez você esteja certa — disse Miss Ramsbottom, de modo inesperado. — Não se pode simplesmente rotular as pessoas. Mas não subestime Percival. Há uma tendência a acreditar que aqueles que são rotulados como bons também são estúpidos. Percival não é nem um pouco estúpido. Ele é bastante esperto, de uma forma hipócrita. Eu nunca fui fã dele. Veja bem, eu *não confio* em Lance e *não o aprovo*, mas não posso deixar de gostar dele... É um tipo impru-

dente, sempre foi. Você tem que cuidar do seu marido e não deixar que vá longe demais. Diga a ele para não subestimar Percival, minha querida. Diga a ele para não acreditar em tudo o que Percival diz. São todos mentirosos nesta casa.
— E acrescentou com satisfação: — Fogo e enxofre será o que lhes cabe.

O Inspetor Neele terminava uma conversa por telefone com a Scotland Yard.
O comissário assistente do outro lado disse:
— Acho que podemos conseguir essa informação, sim... vamos buscar nos vários sanatórios privados. É claro que ela *pode* estar morta.
— Provavelmente está. Já faz muito tempo.
Pecados antigos projetam longas sombras. Miss Ramsbottom falara isso, e com um tom sugestivo, como se estivesse lhe dando uma dica.
— É uma teoria fantástica — comentou o comissário assistente.
— Eu que o diga, senhor. Mas não acho que podemos ignorá-la por completo. Muito se encaixa...
— Sim, sim, centeio, pássaros, o nome de batismo do homem...
Neele disse:
— Estou me concentrando em outras linhas também... Dubois é uma possibilidade, assim como Wright. Gladys pode ter avistado qualquer um deles do lado de fora da porta lateral. Pode ter deixado a bandeja de chá no corredor e saído para ver quem era e o que estavam fazendo... Quem quer que fosse pode a ter estrangulado naquele momento, carregado seu corpo até o varal e colocado o prendedor em seu nariz...
— Uma maluquice de se fazer em sã consciência! E uma maldade, também.
— Sim, senhor. Foi isso o que aborreceu aquela senhora, Miss Marple. Boa senhora, e muito perspicaz. Ela se hospedou

na casa a fim de ficar perto da velha Miss Ramsbottom, e não tenho dúvidas de que ouvirá tudo o que está acontecendo.

— Qual é o seu próximo passo, Neele?

— Tenho um encontro com os advogados de Londres. Quero saber um pouco mais sobre os casos de Rex Fortescue. E, embora seja uma história antiga, quero ouvir um pouco mais sobre a Mina dos Pássaros.

Mr. Billingsley, da Billingsley, Horsethorpe & Walters, era um homem cortês cuja discrição era habitualmente ocultada por modos enganosamente sinceros. Era a segunda vez que o inspetor Neele o interrogava e, nesta ocasião, a discrição de Mr. Billingsley foi menos perceptível do que na anterior. A tripla tragédia no Chalé dos Teixos o fez abandonar o sigilo profissional. Agora não via a hora de expor todos os fatos que pudesse à polícia.

— Um negócio muito extraordinário, aquilo tudo — disse ele. — Um negócio deveras extraordinário. Não me lembro de nada parecido em toda a minha carreira profissional.

— Sinceramente, Mr. Billingsley — respondeu o Inspetor Neele — precisamos de toda a ajuda que pudermos obter.

— Pode contar comigo, meu caro senhor. Ficarei muito feliz em ajudá-lo de todas as formas possíveis.

— Primeiro, permita-me perguntar se o senhor conhecia bem o falecido Mr. Fortescue e os assuntos da empresa dele?

— Eu conhecia Rex Fortescue muito bem. Isso quer dizer que eu o conheço há, bem, dezesseis anos, devo dizer. Lembre-se de que não somos a única firma de advocacia que ele contratou, nem de longe.

O Inspetor Neele assentiu. Sabia disso. Billingsley, Horsethorpe & Walters eram o que se poderia descrever como os advogados de renome de Rex Fortescue. Para seus negócios menos respeitáveis, ele contratou várias firmas diferentes e um pouco menos escrupulosas.

— Agora, o que o senhor quer saber? — continuou Mr. Billingsley. — Eu já falei sobre o testamento dele. Percival Fortescue é o legatário do restante.

— Estou interessado agora — disse o inspetor Neele — no testamento de sua viúva. Com a morte de Mr. Fortescue, ela ganharia 100 mil libras, correto?

Billingsley acenou com a cabeça e respondeu:

— Uma quantia considerável. E posso lhe afirmar confidencialmente, inspetor, que é uma quantia que a empresa não teria em caixa para pagar.

— A empresa, então, não é próspera?

— Sinceramente — disse Mr. Billingsley —, e estritamente entre nós, está como um barco à deriva nas rochas faz um ano e meio.

— Por algum motivo em particular?

— Pois sim. Devo dizer que o motivo foi o próprio Rex Fortescue. No último ano, Rex Fortescue vinha agindo feito um louco. Vendeu boas ações aqui, comprou coisas especulativas ali, falando muito sobre isso o tempo todo da maneira mais extraordinária. Não quis ouvir conselhos. Percival... o filho, sabe... veio aqui para me impelir a usar minha influência. *Ele* aparentemente tentou, e foi afastado. Bem, eu fiz o que pude, mas Fortescue não queria dar ouvidos à razão. De fato, parecia outro homem.

— Mas não, suponho, um homem deprimido — disse o Inspetor Neele.

— Não, não. Pelo contrário. Exuberante, bombástico.

Neele assentiu. Uma ideia que já havia tomado forma em sua mente foi fortalecida. Ele achava que estava começando a entender algumas das causas do atrito entre Percival e o pai. Mr. Billingsley continuou:

— Mas não adianta me perguntar sobre o testamento da esposa. *Eu* não fiz nenhum testamento para ela.

— Não. Eu sei disso — disse Neele. — Estou apenas verificando se ela tinha algo para deixar. Resumindo, 100 mil libras.

Mr. Billingsley balançou a cabeça vigorosamente.

— Não, não, meu caro senhor. Aí é que o senhor se engana.

— Quer dizer que as 100 mil libras foram deixadas para ela somente em vida?

— Não, não, foi deixado para ela de imediato. Mas havia uma cláusula no testamento que regia essa herança. Ou seja, a esposa de Fortescue não herdaria a soma a menos que ainda vivesse por mais um mês depois da morte do marido. Essa, posso dizer, é uma cláusula bastante comum hoje em dia. Ela entrou em vigor devido às incertezas das viagens aéreas. Se duas pessoas morrem em um acidente aéreo, fica extremamente difícil dizer quem morreu primeiro, e diversos problemas muito curiosos surgem em consequência.

O Inspetor Neele o encarava.

— Então Adele Fortescue não tinha 100 mil libras para deixar de herança. O que acontece com esse dinheiro?

— Volta para a empresa. Ou melhor, devo dizer, vai para o legatário do restante.

— E o legatário do restante é Mr. Percival Fortescue.

— Isso mesmo — confirmou Billingsley —, vai para Percival Fortescue. E no estado em que se encontram os negócios da empresa — acrescentou, de modo despreocupado —, devo dizer que ele vai precisar!

— As coisas que vocês, policiais, querem saber... — comentou o médico amigo do Inspetor Neele.

— Vamos, Bob, desembucha.

— Bem, como estamos sozinhos, você não pode me citar, felizmente! Mas devo admitir, sabe, que você acertou na mosca. Demência paralítica, pelo que parece. A família suspeitou e quis que ele fosse ao médico. Ele não foi. Os sintomas são exatamente os que descreveu. Perda de bom senso, megalomania, violentos acessos de irritação e raiva, arrogância, delírios de grandeza, de ser um grande gênio financeiro. Qualquer pessoa que sofra disso logo levaria uma empresa estável à ruína, a menos que ele pudesse ser contido, e isso não é tão fácil, especialmente se o próprio homem tiver noção do que se pretende fazer com ele. Sim, devo dizer que seus amigos tiveram certa sorte por ele ter morrido.

— Eles não são meus amigos — disse Neele. E repetiu o que já dissera antes: — *São todos muito desagradáveis...*

Capítulo 19

Toda a família Fortescue estava reunida na sala de estar do Chalé dos Teixos. Percival Fortescue, encostado à lareira, se dirigia ao grupo.

— Está tudo muito bem — disse Percival. — Mas a situação toda é deveras insatisfatória. A polícia vem e vai sem nos contar nada. Supõe-se que estejam seguindo alguma linha de investigação. Nesse ínterim, tudo fica parado. Não se pode fazer planos, não se pode organizar as coisas para o futuro.

— É tudo tão desrespeitoso — comentou Jennifer. — E tão estúpido.

— E ainda parece haver essa proibição de sair de casa — continuou Percival. — De qualquer forma, acho que podemos discutir planos futuros. E você, Elaine? Suponho que vá se casar com... qual é o nome dele, Gerald Wright? Tem ideia de quando?

— O mais rápido possível — respondeu Elaine.

Percival franziu a testa.

— Quer dizer, em cerca de seis meses?

— Não, não. Por que devemos esperar seis meses?

— Acho que seria o mais decente — disse Percival.

— Bobagem — retrucou Elaine. — Um mês. É o máximo que esperaremos.

— Bem, você é quem sabe — declarou Percival. — E quais são seus planos depois de se casar, se é que tem algum?

— Estamos pensando em abrir uma escola.

Percival balançou a cabeça.

— Essa é uma especulação muito arriscada nos dias de hoje. Com a escassez de mão de obra doméstica, há dificuldade de conseguir um corpo docente adequado. De verdade, Elaine, pode parecer uma boa ideia, mas eu pensaria duas vezes se fosse você.

— Nós pensamos. Gerald sente que todo o futuro deste país reside na educação correta.

— Visitarei Mr. Billingsley depois de amanhã — contou Percival. — Precisamos tratar de várias questões financeiras. Ele sugeriu que talvez você tivesse interesse em transformar esse dinheiro que lhe foi deixado por papai em um fundo para você e seus filhos. É uma atitude muito sensata hoje em dia.

— Eu não quero fazer isso — afirmou Elaine. — Precisamos de dinheiro para começar nossa escola. Ouvimos falar de um imóvel muito adequada à venda. É na Cornualha. Belos jardins e uma casa muito boa. Terá que ser bastante ampliada, com a adição de várias alas.

— Você quer dizer... quer dizer que vai tirar todo o seu dinheiro do negócio? Honestamente, Elaine, *não acho* que seja uma decisão sábia.

— Muito mais sábio do que deixar nele, eu diria — retrucou Elaine. — As empresas estão falindo a torto e a direito. Você mesmo disse, Val, antes de papai morrer, que a situação estava ficando muito ruim.

— É jeito de falar — declarou Percival de modo vago. — Mas devo dizer, Elaine, tirar todo o seu capital e investi-lo na compra, equipamento e administração de uma escola é uma loucura. Se não tiver sucesso, o que acontece? Você fica sem um centavo.

— *Será* um sucesso — disse Elaine, obstinada.

— Eu apoio você. — Lance, esparramado em uma cadeira, assumiu um tom encorajador. — Vai com tudo, Elaine. Na minha opinião, será uma escola do tipo muito estranha, mas é o que você quer fazer... você e Gerald. Se acabar perdendo seu dinheiro, pelo menos terá a satisfação de ter feito o que queria.

— Exatamente o que se espera vindo de você, Lance — disse Percival, ácido.

— Eu sei, eu sei — respondeu Lance. — Eu sou o filho pródigo perdulário. Mas ainda acho que me diverti mais na vida do que você, Percy, meu velho.

— Depende do que chama de diversão — retrucou Percival friamente. — O que nos leva aos seus planos, Lance. Suponho que voltará ao Quênia, ou Canadá, ou escalará o Monte Everest ou algo bem fantástico do tipo?

— Ora, o que te faz pensar isso?

— Bem, você nunca foi muito chegado numa vida doméstica na Inglaterra, não é?

— As pessoas mudam à medida que envelhecem — afirmou Lance. — Sossegam. Sabe, Percy, meu garoto, estou ansioso para ter a chance de ser um sério homem de negócios.

— Você quer dizer...

— Quero dizer que entrarei na firma com você, meu velho. — Lance sorriu. — Ah, você é o parceiro sênior, claro. Fica com a fatia maior. Eu sou apenas um parceiro bem júnior. Mas eu *tenho* parte das ações, o que me dá direito de ficar por dentro das coisas, não é?

— Bem, sim, claro, se colocar dessa forma. Mas posso assegurar-lhe, meu caro garoto, você ficará muito, muito entediado.

— Vai saber. Não acredito que ficarei entediado.

Percival franziu a testa.

— Você não está realmente querendo dizer, Lance, que vai entrar no ramo?

— Meter o dedo nessa torta? Sim, é exatamente o que farei.

Percival balançou a cabeça.

— As coisas andam muito ruins, sabe. Logo vai descobrir isso. Tudo vai girar em torno de como faremos para pagar a parte de Elaine, se ela insistir em sacá-la.

— Aí está, Elaine — apontou Lance. — Veja como você está sendo sábia ao insistir em pegar seu dinheiro enquanto ele ainda existe.

— Lance — falou Percival com raiva —, essas suas piadas são de muito mau gosto.

— Também acho, Lance, que você deveria tomar mais cuidado com o que diz — opinou Jennifer.

Sentada um pouco longe, perto da janela, Pat os estudou um por um. Se era isso que Lance queria dizer com cutucar Percival, dava para ver que estava funcionando. Sua perfeita impassibilidade estava bastante perturbada. Ele disparou novamente, com raiva:

— Você está falando sério, Lance?

— Muito sério.

— Não vai funcionar, sabe. Você logo se cansará.

— Que nada. Pense em que mudança adorável será para mim. Um escritório municipal, datilógrafas indo e vindo. Terei uma secretária loira como Miss Grosvenor... é Grosvenor mesmo? Suponho que você já a tenha pegado para si. Mas vou encontrar outra igual a ela. "Sim, Mr. Lancelot. Não, Mr. Lancelot. Seu chá, Mr. Lancelot."

— Ah, não banque o idiota — retrucou Percival.

— Por que você está com tanta raiva, meu querido irmão? Não está ansioso para compartilhar suas preocupações urbanas comigo?

— Você não faz a menor ideia da bagunça em que tudo está.

— Não. Você terá que me colocar a par de tudo isso.

— Primeiro você precisa entender que, nos últimos seis meses, não, mais, um ano, papai não vinha sendo ele mesmo. Fez as coisas mais incrivelmente tolas, do ponto de vista financeiro. Vendeu boas ações, adquiriu várias participações arriscadas. Às vezes, ele realmente jogava dinheiro fora. Só pela diversão de gastá-lo.

— Na verdade — disse Lance —, foi bom para a família que houvesse taxina em seu chá.

— Esse é um comentário horrível, mas, em essência, você está certo. Foi a única coisa que nos salvou da falência. Mas precisaremos ser extremamente conservadores e ir com muita cautela por um tempo.

Lance balançou a cabeça.

— Não concordo com você. Cautela nunca faz bem a ninguém. É preciso assumir alguns riscos, atacar. Sonhar grande.

— Discordo — retrucou Percy. — Cuidado e economia. Essas são as nossas palavras de ordem.

— Não as minhas — afirmou Lance.

— Você é apenas o parceiro júnior, lembre-se — disse Percival.

— Tudo bem, tudo bem. Mas tenho uma pequena voz, mesmo assim.

Percival caminhava para cima e para baixo, agitado.

— Não é bom, Lance. Eu gosto de você e tudo mais...

— É mesmo? — interrompeu Lance. Percival não pareceu ouvi-lo.

— ...mas realmente não acho que vamos dar certo juntos. Nossas perspectivas são totalmente diferentes.

— Isso pode ser uma vantagem — opinou Lance.

— A única opção sensata — disse Percival — é dissolver a parceria.

— Você vai comprar minha parte, é essa a ideia?

— Meu caro garoto, é a única atitude sensata, com nossas ideias tão diferentes.

— Se você acha difícil pagar a herança de Elaine, como pretende pagar a minha parte?

— Bem, não quis dizer em dinheiro — disse Percival. — Poderíamos... hã ... dividir as ações.

— Com você ficando com a parte valiosa e eu tirando das suas costas o pior da especulação, suponho?

— Elas parecem ser as que você prefere — argumentou Percival.

Lance sorriu de repente.

— De certa forma, você está certo, Percy, meu velho. Mas eu não posso me fiar apenas na minha opinião. Tenho Pat aqui em quem pensar.

Ambos os homens olharam para ela. Pat abriu a boca e voltou a fechá-la. Qualquer que fosse o jogo que Lance estava jogando, era melhor ela não interferir. Que ele estava seguindo em uma direção específica, disso ela tinha certeza, mas ainda estava um pouco incerta sobre qual seria seu real objetivo.

— Pode começar a lista, Percy — disse Lance, rindo. — Falsas minas de diamantes, rubis inacessíveis, concessões de petróleo onde não há petróleo. Acha que sou tão idiota quanto pareço?

— Claro, algumas dessas ações são altamente especulativas, mas lembre-se, elas *podem* se tornar imensamente valiosas — respondeu Percival.

— Mudou o tom, não foi? — Lance deu um sorrisinho. — Vai me oferecer a mais recente aquisição arriscada de meu pai, bem como a antiga Mina dos Pássaros e coisas do tipo. A propósito, o inspetor andou lhe perguntando sobre a Mina dos Pássaros?

Percival franziu a testa.

— Sim, ele perguntou. Não faço ideia do que ele queria saber. Eu não tinha muito a dizer sobre essa história. Você e eu éramos crianças na época. Só me lembro vagamente que papai foi lá e voltou dizendo que a coisa toda não prestava.

— O que era, uma mina de ouro?

— Acredito que sim. Meu pai voltou bastante certo de que não havia ouro ali. E, veja bem, ele não era o tipo de homem que se enganava.

— Quem o meteu nisso? Um homem chamado MacKenzie, não foi?

— Sim. MacKenzie morreu lá.

— MacKenzie morreu lá — repetiu Lance, pensativo. — Não houve algum escândalo? Acho que lembro... Mrs. MacKenzie, não foi? Veio aqui. Discutiu e brigou com papai. Lançou maldições sobre ele. Ela o acusou, se bem me lembro, de assassinar seu marido.

— Honestamente — disse Percival, repressivo. — Não me lembro de nada disso.

— Mas eu me lembro — afirmou Lance. — Eu era um pouco mais jovem do que você, é claro. Talvez seja por isso que me chamou atenção. Sendo criança, achei tudo muito dramático. Onde ficava a Mina dos Pássaros? África Ocidental, não era?

— Sim, acho que sim.

— Tenho que procurar essa concessão algum dia — falou Lance —, quando estiver no escritório.

— Você pode ter certeza — disse Percival — de que papai não se enganou. Se ele voltou dizendo que não havia ouro, não havia ouro.

— Você provavelmente está certo sobre isso — concordou Lance. — Pobre Mrs. MacKenzie. Me pergunto o que aconteceu com ela e com aqueles dois filhos que ela trouxe aqui. Engraçado... eles devem estar crescidos agora.

Capítulo 20

Na sala de visitas do Sanatório Particular de Pinewood, o Inspetor Neele encontrava-se sentado de frente para uma senhora de cabelos grisalhos. Helen MacKenzie tinha 63 anos, embora parecesse mais jovem. Tinha olhos azul-claros, de aparência um tanto vazia, e um queixo fraco e indeterminado. Seu longo lábio superior ocasionalmente se contraía. A mulher segurava um grande livro no colo, para onde olhava enquanto o Inspetor Neele falava. Na mente dele estava a conversa que acabara de ter com o Dr. Crosbie, chefe do estabelecimento.

— Ela é uma paciente voluntária, claro — explicou o Dr. Crosbie —, não certificada.

— Não é perigosa, então?

— Ah, não. Na maioria das vezes, ela é tão sã quanto você ou eu. Está passando por uma boa fase agora, então o senhor poderá ter uma conversa perfeitamente normal com ela.

Pensando nisso, o Inspetor Neele deu início à sua primeira tentativa de conversa.

— É muito gentil de sua parte me receber, senhora — disse ele. — Meu nome é Neele. Vim falar com a senhora sobre Mr. Fortescue, que morreu recentemente. Mr. Rex Fortescue. Imagino que reconheça o nome.

Os olhos de Mrs. MacKenzie estavam fixos no livro. Ela disse:

— Não sei do que está falando.

— Mr. Fortescue, senhora. Mr. Rex Fortescue.

— Não — negou Mrs. MacKenzie. — Não. Certamente não.

Neele foi pego de surpresa. Ele se perguntou se era isso o que o Dr. Crosbie chamava de completamente normal.

— Acho, Mrs. MacKenzie, que a senhora o conheceu há muitos anos.

— Nem tanto — respondeu Mrs. MacKenzie. — Foi ontem.

— Entendo — disse o Inspetor Neele, recorrendo à sua expressão rotineira com incerteza. — Creio — continuou ele — que a senhora o tenha visitado há muitos anos em sua residência, o Chalé dos Teixos.

— Uma casa muito ostentosa — comentou Mrs. MacKenzie.

— Sim. Sim, pode ser chamada assim. Tinha ligação com seu marido, creio eu, por causa de uma mina na África. A Mina dos Pássaros, acredito que era esse o nome.

— Eu preciso ler meu livro — disse Mrs. MacKenzie. — Não tenho muito tempo e preciso ler meu livro.

— Sim, senhora. Sim, compreendo. — Houve uma pausa, então o Inspetor Neele continuou: — Mr. MacKenzie e Mr. Fortescue foram juntos para a África para inspecionar a mina.

— Era do meu marido — explicou Mrs. MacKenzie. — Ele a encontrou e a reivindicou. Queria dinheiro para capitalizá-la. Procurou Rex Fortescue. Se eu tivesse sido mais sábia, se soubesse mais, não o deixaria fazer isso.

— Claro, entendo. No entanto, eles foram juntos para a África, e lá seu marido morreu de febre.

— Devo ler meu livro — disse Mrs. MacKenzie.

— A senhora acha que Mr. Fortescue passou a perna no seu marido em relação à Mina dos Pássaros, Mrs. MacKenzie?

Sem tirar os olhos do livro, Mrs. MacKenzie falou:

— Como você é burro.

— Sim, sim, receio que sim... Mas é que tudo isso aconteceu há muito tempo, e fazer perguntas sobre algo que se encerrou há muito tempo é bastante difícil.

— Quem disse que se encerrou?

— Entendo. A senhora não acha que se encerrou?

— *Nenhuma questão está resolvida até que esteja resolvida da maneira certa.* Kipling disse isso. Ninguém lê Kipling hoje em dia, mas ele era um grande homem.

— A senhora acha que a questão será resolvida algum dia?
— Rex Fortescue está morto, não está? Você disse isso.
— Ele foi envenenado — respondeu o Inspetor Neele.
De forma bastante desconcertante, Mrs. MacKenzie riu.
— Que absurdo — disse ela. — Ele morreu de febre.
— Estou falando de Mr. Rex Fortescue.
— Eu também. — Ela olhou para cima de repente e fixou seus olhos azul-claros nos dele. — Vamos lá — disse ela —, ele morreu na cama, não foi? Ele morreu em sua cama?
— Ele morreu no St. Jude's Hospital — afirmou o Inspetor Neele.
— Ninguém sabe onde meu marido morreu — disse Mrs. MacKenzie. — Ninguém sabe como ele morreu ou onde foi enterrado... Tudo que se sabe é o que Rex Fortescue *disse*. E Rex Fortescue era um mentiroso!
— A senhora acha que ele pode ter cometido uma traição?
— Traição, traição. Traíra é um peixe, não é?
— A senhora acha que Rex Fortescue foi o responsável pela morte do seu marido?
— Eu comi peixe no almoço — disse Mrs. MacKenzie. — Bastante fresco, por sinal. Surpreendente, não é, quando se pensa que foi há trinta anos?
Neele respirou fundo. Parecia improvável que ele fosse a algum lugar nesse ritmo, mas perseverou.
— Alguém colocou pássaros mortos na mesa de Rex Fortescue cerca de um mês ou dois antes de ele morrer.
— Isso é interessante. Isso é muito, muito interessante.
— A senhora tem alguma ideia de quem pode ter feito isso?
— Ideias não ajudam ninguém. É necessário ação. Eu os criei para isso, sabe, para agirem.
— Está se referindo aos seus filhos?
Ela assentiu rapidamente.
— Sim. Donald e Ruby. Eles tinham 9 e 7 anos quando ficaram sem pai. Eu falei para eles. Falei para eles todos os dias. Eu os fiz jurar todas as noites.

O Inspetor Neele se inclinou para a frente.

— O que a senhora os fez jurar?

— Que o matariam, é claro.

— Entendo.

O Inspetor Neele falou como se fosse o comentário mais razoável do mundo.

— E eles mataram?

— Donald foi para Dunquerque. Nunca mais voltou. Eles me enviaram um telegrama avisando de sua morte: "Lamentamos profundamente, morto em ação." Ação, viu só, o tipo errado de ação.

— Lamento ouvir isso, senhora. E quanto à sua filha?

— Eu não tenho filha — respondeu Mrs. MacKenzie.

— A senhora falou dela agora há pouco — argumentou Neele. — Sua filha, Ruby.

— Ruby. Sim, Ruby — Ela se inclinou para a frente. — Você sabe o que eu fiz com Ruby?

— Não, senhora. O que fez com ela?

Ela sussurrou de repente:

— Olhe aqui para o livro.

Ele notou então que o livro que ela segurava no colo era uma Bíblia. Uma Bíblia muito antiga. Quando a mulher a abriu na primeira página, o Inspetor Neele viu vários nomes escritos. Obviamente, era uma Bíblia de família na qual fora adotado o costume antiquado de anotar cada novo nascimento. O fino dedo indicador de Mrs. MacKenzie apontou para os dois últimos nomes. "Donald MacKenzie", com a data de nascimento dele, e "Ruby MacKenzie", com a data dela. Mas uma linha grossa fora traçada sobre o nome de Ruby MacKenzie.

— Está vendo? — disse Mrs. MacKenzie. — Eu a tirei do Livro. Eu a cortei para sempre! O Anjo Escrivão não encontrará o nome dela lá.

— Você cortou o nome dela do livro? Ora, mas por quê? Mrs. MacKenzie olhou para ele com astúcia.

— Você sabe por quê — respondeu ela.

— Não sei mesmo. De verdade, senhora, eu não sei.
— Ela não manteve a fé. Você sabe que ela não manteve a fé.
— Onde está sua filha agora, senhora?
— Eu já lhe disse. Eu não tenho filha. Ruby MacKenzie não existe mais.
— Quer dizer que ela está morta?
— Morta? — A mulher soltou uma risada repentina. — Seria melhor para ela se estivesse morta. Muito melhor. Muito, muito melhor. — Ela suspirou e se remexeu no assento. Em seguida, assumiu uma atitude cortês e formal ao dizer: — Sinto muito, mas realmente não posso mais falar com você. Veja bem, o tempo está ficando muito curto e eu *preciso* ler meu livro.

Mrs. MacKenzie não respondeu aos comentários adicionais do Inspetor Neele, apenas fez um leve gesto de aborrecimento e continuou a ler a Bíblia, acompanhando com o dedo a linha do versículo.

Neele se levantou e saiu. Então teve outra conversa rápida com o superintendente.

— Algum parente vem visitá-la? — perguntou ele. — Uma filha, por exemplo?

— Acredito que uma filha de fato tenha vindo nos tempos do meu predecessor, mas a visita agitou tanto a paciente que ele a aconselhou a não voltar. Desde então, tudo é providenciado por advogados.

— E o senhor não tem ideia de onde Ruby MacKenzie está agora?

O superintendente balançou a cabeça.

— Não faço a mínima ideia.

— Não faz ideia se ela é casada, por exemplo?

— Não sei, tudo o que posso fazer é dar-lhe o endereço dos advogados que tratam conosco.

O Inspetor Neele já rastreara esses advogados. Eles não tinham, ou disseram que não tinham, nada a informar. Foi criado um fundo fiduciário para Mrs. MacKenzie, administrado por eles. Esses arranjos foram feitos alguns anos antes, e eles não tinham visto Miss MacKenzie desde então.

O Inspetor Neele tentou obter uma descrição de Ruby MacKenzie, mas os resultados não foram animadores. Tantos parentes vinham visitar os pacientes que, após um lapso de anos, eram fadados a ser vagamente lembrados, a aparência de um se misturando com a de outro. A matrona que estava lá havia muitos anos parecia lembrar que Miss MacKenzie era pequena e morena. A única outra enfermeira que trabalhara lá por muito tempo lembrava que ela era forte e alta.

— Então ficamos nessa, senhor — disse o Inspetor Neele enquanto relatava as novidades ao comissário assistente. — Temos um cenário completamente maluco, que se encaixa com os fatos. *Deve* significar alguma coisa.

O comissário assistente assentiu, pensativo.

— Os pássaros da torta se associam à Mina dos Pássaros, ao centeio no bolso do morto, ao pão e mel com o chá de Adele Fortescue... não que isso seja conclusivo. Afinal, qualquer um poderia comer pão e mel no chá! E ao terceiro assassinato, com aquela garota estrangulada com uma meia e um prendedor de roupa no nariz. Sim, por mais louco que seja o cenário, certamente não pode ser ignorado.

— Um instante, senhor — disse o Inspetor Neele.

— O que foi?

Neele franzia a testa.

— Sabe, o que acabou de dizer. Não soou verdadeiro. Tem algo errado em algum lugar. — Ele balançou a cabeça e suspirou. — Não. Não consigo dizer onde.

Capítulo 21

Lance e Pat caminhavam ao redor dos belos jardins que cercavam o Chalé dos Teixos.

— Espero não ferir seus sentimentos, Lance — murmurou Pat —, mas este é o jardim mais feio em que já estive.

— Não vai ferir meus sentimentos — respondeu ele. — É mesmo? Eu realmente não sei dizer. Parece haver três jardineiros trabalhando arduamente nele.

— Provavelmente é esse o problema. Nenhuma despesa poupada, nenhum sinal de gosto individual. Todos os rododendros certos e todos os canteiros de flores iguais semeados na estação certa, imagino.

— Bem, o que *você* colocaria em um jardim inglês, Pat, se tivesse um?

— Meu jardim — explicou Pat. — Teria malvas-rosa, delfínios e campânulas, sem canteiros de flores iguais e nenhum desses teixos horríveis.

Ela olhou para as sebes escuras de teixo com depreciação.

— Associação de ideias — disse Lance, à vontade.

— Há algo terrivelmente apavorante em um envenenador — comentou Pat. — Digo, deve ser uma mente vingativa horrível e taciturna.

— Então é assim que você vê? Engraçado! Eu apenas interpreto como pragmático e de sangue-frio.

— Suponho que seja possível ver dessa forma — concordou ela, com um leve arrepio. — Mesmo assim, cometer *três* assassinatos... Seja lá quem fez isso *só pode* estar louco.

— Sim — disse Lance, em voz baixa. — Receio que sim. — Então continuou bruscamente: — Pelo amor de Deus, Pat, saia daqui. Volte para Londres. Desça para Devonshire ou suba para os Lagos. Vá para Stratford-on-Avon ou visite Norfolk Broads. A polícia não se importaria com a sua partida, você não teve nada a ver com tudo isso. Estava em Paris quando o velho foi morto e em Londres quando os outros dois morreram. Vou lhe contar, me preocupa muito ter você aqui.

Pat fez uma pausa antes de dizer baixinho:

— Você sabe quem foi, não sabe?

— Não, eu não sei.

— Mas você *acha* que sabe... É por isso que teme por mim... Gostaria que você me contasse.

— Eu não posso contar. Não sei de nada. Mas peço a Deus que você vá embora daqui.

— Querido — disse Pat. — Eu não vou. Ficarei aqui. Na alegria e na tristeza. É assim que me sinto. — E acrescentou, com uma súbita apreensão na voz: — Só que comigo é sempre na tristeza.

— O que diabos você quer dizer, Pat?

— Eu trago azar. É isso o que quero dizer. Trago azar para qualquer pessoa com quem entro em contato.

— Minha bobinha querida e adorável, você não me trouxe azar nenhum. Veja como, depois que me casei com você, o velho me convidou para voltar para casa e fazer as pazes com ele.

— Sim, e o que aconteceu quando você voltou para casa? Estou dizendo, não trago sorte para as pessoas.

— Olha aqui, meu bem, você está cismada com isso tudo. É superstição, pura e simples.

— Não posso evitar. Algumas pessoas trazem azar. Eu sou uma delas.

Lance a pegou pelos ombros e a sacudiu com força.

— Você é minha Pat, e ser casado com você é a maior sorte do mundo. Então, coloque isso na sua cabecinha tola. — Depois, se acalmando, continuou em uma voz mais sóbria: — Mas, sinceramente, Pat, tenha muito cuidado. Se *há* alguém perturbado por aqui, eu não quero que seja você a parar a bala ou beber o meimendro.

— Ou beber o meimendro, você diz.

— Quando eu não estiver por perto, fique com aquela senhora. Aquela tal de Marple. Por que acha que tia Effie convidou-a para ficar aqui?

— Deus sabe por que tia Effie faz qualquer coisa. Lance, quanto tempo *nós* vamos ficar aqui?

Lance deu de ombros.

— Difícil dizer.

— Eu não acho — disse Pat — que sejamos muito bem-vindos. — Ela hesitou ao continuar: — A casa pertence ao seu irmão agora, suponho? Ele realmente não nos quer aqui, não é?

Lance deu uma risadinha súbita.

— Não, mas vai ter que nos aguentar por enquanto.

— E depois? O que faremos, Lance? Vamos voltar para a África Oriental ou o quê?

— É isso que você gostaria de fazer, Pat?

Ela assentiu vigorosamente.

— Que sorte — disse Lance. — Porque é o que eu gostaria de fazer também. Não acho esse país grande coisa hoje em dia.

O rosto de Pat se iluminou.

— Que ótimo. Pelo que você disse outro dia, fiquei com medo de que quisesse se estabelecer por aqui.

Um brilho diabólico se acendeu nos olhos de Lance.

— Você precisa controlar sua língua sobre nossos planos, Pat — disse ele. — Ainda planejo torcer um pouco o rabo do meu querido irmão Percival.

— Ah, Lance, tome cuidado.

— Tomarei cuidado, meu amor, mas não vejo por que o velho Percy deve se safar de tudo.

Sentada na grande sala de estar, com a cabeça um pouco inclinada para o lado feito uma amigável cacatua, Miss Marple escutava Mrs. Percival Fortescue. Miss Marple parecia particularmente incongruente no cômodo. Sua figura esguia e leve era estranha ao vasto sofá de brocado que ocupava, com as almofadas em vários tons espalhadas ao seu redor. Miss Marple sentava-se muito ereta porque aprendera a usar encostos retos quando menina e não curvar as costas. Em uma grande poltrona ao lado dela, com uma roupa preta elaborada, estava Mrs. Percival, falando pelos cotovelos. "Exatamente", pensou Miss Marple, "como a pobre Mrs. Emmett, a esposa do gerente do banco." Ela se lembrou de como um dia Mrs. Emmett ligara para falar sobre os arranjos para a feirinha do Dia da Lembrança, e como depois que os assuntos preliminares foram resolvidos, Mrs. Emmett desatou a falar e falar e falar. Mrs. Emmett ocupava uma posição bastante difícil em St. Mary Mead. Ela não pertencia à velha guarda de senhoras de poucas condições que viviam em casas bem-arrumadas ao redor da igreja e que conheciam intimamente todas as ramificações das famílias do condado, embora elas próprias não fossem estritamente do condado. Mr. Emmett, o gerente do banco, inegavelmente se casara com alguém de uma classe social abaixo dele, e o resultado foi que sua esposa ficava em uma posição de grande solidão, já que ela não podia, é claro, se associar com as esposas dos comerciantes. O esnobismo erguera sua cabeça hedionda e relegara Mrs. Emmett a uma ilha de permanente solidão.

A necessidade de falar se acumulou em Mrs. Emmett, e naquele dia em particular rompeu suas represas, liberando toda a torrente em Miss Marple, que, na época, sentira pena de Mrs. Emmett e hoje sentia muita pena de Mrs. Percival Fortescue.

Mrs. Percival teve que suportar muita coisa, e o alívio de transmitir suas queixas a uma pessoa quase totalmente desconhecida era enorme.

— É claro que não quero reclamar — disse Mrs. Percival. — Eu nunca fui do tipo reclamão. Sempre digo é que é preciso aguentar as coisas. O que não pode ser curado deve ser suportado, e tenho certeza de que nunca disse uma palavra a *ninguém*. É realmente difícil saber *com quem* eu poderia ter falado. De certa forma, estamos muito isolados aqui... muito isolados. É muito conveniente, claro, e uma grande economia de despesas ter nosso próprio conjunto de quartos nesta casa. Mas é claro que não é como ter sua própria casa. Tenho certeza de que a senhora concorda.

Miss Marple respondeu que concordava.

— Felizmente, nossa nova casa está quase pronta. É realmente apenas uma questão dos pintores e decoradores terminarem. Esses homens são tão lentos. Meu marido, é claro, tem estado bastante satisfeito em morar aqui. Mas é diferente para um homem. Não concorda?

Miss Marple concordou que era muito diferente para um homem. Ela pôde dizer isso sem hesitar, pois era o que realmente pensava. Os "cavalheiros" estavam, na opinião de Miss Marple, em uma categoria totalmente diferente de seu próprio sexo. Eles precisavam de dois ovos com bacon para o café da manhã, três boas refeições nutritivas por dia e nunca deveriam ser contestados ou contrariados antes do jantar. Mrs. Percival continuou:

— Meu marido, veja a senhora, passa o dia todo fora, na cidade. Quando chega em casa, está cansado e quer se sentar e ler. Mas eu, pelo contrário, fico sozinha aqui o dia todo, sem *nenhuma* companhia aprazível. Estou perfeitamente confortável e tudo o mais. A comida é excelente. Mas o que sinto que precisamos é de um círculo social realmente agradável. As pessoas por aqui, para ser sincera, não fazem meu tipo. Parte deles é o que chamo de uma turma de jogadores de bridge espalhafatosos. Mas não um *bom* bridge. É claro que também gosto de carteado, mas eles são todos muito ricos por aqui. Jogam com apostas extremamente altas e bebem demais. Na verdade, é o tipo de vida que chamo de sociedade superficial. Há também, é claro, uma porção de... bem, só dá para chamá-las de *velhas fofoqueiras*, que adoram andar por aí com a espátula de jardinagem em punho.

Miss Marple sentiu-se ligeiramente culpada, já que ela própria era uma jardineira inveterada.

— Não quero falar mal dos mortos — retomou Mrs. Percy rapidamente —, mas não há dúvida quanto a isso: Mr. Fortescue, quero dizer, meu sogro fez um segundo casamento muito insensato. Minha... bem, não posso chamá-la de sogra, ela tinha a mesma idade que eu. A verdade é que ela era louca por homens. Absolutamente louca por homens. E como gastava dinheiro! Meu sogro era um completo panaca com ela. Não se importava com as despesas que ela gerava. Isso irritava muito Percy, muito mesmo. Percy é sempre bem cauteloso com questões financeiras. Odeia desperdício. E depois Mr. Fortescue começou a agir de forma tão peculiar e tão mal-humorada, tendo esses acessos terríveis de fúrias, gastando dinheiro como se fosse água em esquemas malucos. Bem, não foi nada bom.

Miss Marple aventurou-se a fazer um comentário.

— Isso deve ter preocupado seu marido também.

— Ah, sim, claro. No ano passado, Percy esteve muito preocupado de fato. Isso realmente o deixou bem diferente. Sabe, o jeito dele mudou até comigo. Às vezes, quando eu falava com ele, ele não respondia. — Mrs. Percy suspirou e continuou: — Então tem Elaine, minha cunhada. Sabe, ela é um tipo *muito* estranho de garota. Anda muito ao ar livre e tal. Não é exatamente hostil, mas também não é simpática. Nunca quis ir para Londres e fazer compras, ou ir a uma matinê ou qualquer coisa desse tipo. Ela nem se interessava por roupas. — Mrs. Percival suspirou novamente e murmurou: — Mas é claro que não quero reclamar de forma alguma. — Um súbito remorso apoderou-se da mulher, que disse, apressada: — A senhora deve achar muito estranho que eu fale desse jeito quando mal nos conhecemos. Mas, realmente, com toda essa tensão e choque... acho que é mesmo o choque que mais importa. Um choque retardatário. Estou tão nervosa, sabe, que realmente... bem, realmente preciso falar com *alguém*. A senhora me lembra muito uma querida conhecida, Miss Trefusis James. Ela fraturou o fêmur quando tinha 75 anos. Cuidar dela foi um trabalho muito longo, e nos tornamos grandes amigas. Ela me deu uma capa de pele de raposa quando saí, e achei muito gentil.

— Entendo muito bem como você se sente — respondeu Miss Marple.

E isso também era verdade. O marido de Mrs. Percival ficava obviamente entediado com ela e lhe dedicava pouquíssima atenção, e a coitada não conseguiu fazer nenhum amigo local. Passear em Londres, fazer compras, assistir a matinês e morar em uma casa luxuosa não compensavam a falta de humanidade em suas relações com a família do marido.

— Espero que não seja rude de minha parte dizer isso — declarou Miss Marple com uma voz suave de idosa —, mas realmente sinto que o falecido Mr. Fortescue não deve ter sido um homem muito bom.

— Ele não era — concordou a nora. — Francamente, minha querida, só entre nós duas, ele era um velho detestável. Eu não fico surpresa, realmente não fico, que alguém o tenha tirado do caminho.

— Você não faz ideia de quem... — começou Miss Marple, então se interrompeu. — Oh, céus, talvez esta seja uma pergunta que eu não deva fazer... Nem mesmo uma ideia de quem... quem... bem, de quem pode ter sido?

— Ah, eu acho que foi aquele homem horrível, Crump — respondeu Mrs. Percival. — Eu nunca gostei nem um pouco dele. Ele tem uns modos... não é realmente rude, sabe, mas *é* grosseiro. Impertinente, para ser mais exata.

— Ainda assim, suponho que precise haver um motivo.

— Eu realmente não sei se esse tipo de gente requer muitos motivos. Ouso dizer que Mr. Fortescue o irritou de alguma forma, e suspeito que às vezes ele beba demais. Mas o que eu realmente acho é que ele é um pouco desequilibrado, sabe? Como aquele lacaio, ou mordomo, seja lá o que for, que saiu atirando em todo mundo na casa. Claro, para ser bem honesta com você, eu *cheguei* a suspeitar que fora *Adele* quem envenenara Mr. Fortescue. Mas agora, é claro, não se pode suspeitar disso, já que ela mesma foi envenenada. Ela pode ter acusado Crump, sabe. Então ele perdeu a cabeça e talvez tenha conseguido colocar algo nos sanduíches e Gladys o pegou no flagra e ele a matou também. Acho que é muito perigoso mantê-lo em casa. Ah, meu Deus, gostaria de poder sair daqui, mas imagino que esses policiais horríveis não deixarão ninguém fazer nada do tipo. — Ela se inclinou impulsivamente e pôs a mão gorducha no braço de Miss Marple. — Às vezes, sinto que preciso sair desta casa... que se tudo isso não acabar logo, eu vou... eu vou realmente *fugir*. — Ela se inclinou para trás, estudando o rosto de Miss Marple. — Mas talvez... isso não seja uma boa ideia?

— Não, não acho que seja muito sábio... a polícia poderia encontrá-la em pouco tempo.

— Eles poderiam? Poderiam mesmo? A senhora acha que eles são inteligentes o suficiente?

— É muito insensato subestimar a polícia. O Inspetor Neele me parece particularmente inteligente.

— Ah! Eu o achei um tanto estúpido.

Miss Marple balançou a cabeça.

— Não consigo deixar de sentir — Jennifer Fortescue hesitou — que é perigoso ficar aqui.

— Perigoso para você, quer dizer?

— S-sim... bem, sim.

— Por causa de algo que você... sabe?

Mrs. Percival pareceu tomar fôlego.

— Ah, não, claro que não sei de nada. O que poderia saber? É só que... é só que estou nervosa. Aquele homem, Crump...

Mas não era Crump que estava na cabeça de Mrs. Percival Fortescue, pensou Miss Marple enquanto observava a moça abrir e fechar as mãos. Miss Marple achou que, por algum motivo, Jennifer Fortescue estava realmente muito apavorada.

Capítulo 22

Estava escurecendo. Miss Marple fora tricotar à janela da biblioteca. Ao olhar pelo painel de vidro, viu Pat Fortescue andando de um lado para o outro no terraço externo. Miss Marple abriu a janela e a chamou.

— Entre, minha querida. Entre. Tenho certeza de que está muito frio e úmido para você estar aí fora sem um casaco.

Pat obedeceu à convocação. Ela entrou, fechou a janela e acendeu duas das lâmpadas.

— Sim, não está uma tarde muito agradável. — Ela se sentou no sofá perto de Miss Marple. — O que a senhora está tricotando?

— Ah, é só um casaquinho, querida. Para um bebê, sabe. Eu sempre digo para as mães jovens que casaquinhos para seus bebês nunca são demais. É o segundo tamanho. Sempre tricoto o segundo tamanho. Os bebês perdem tão rápido o primeiro tamanho.

Pat esticou as pernas compridas em direção ao fogo.

— Hoje está bom aqui dentro — comentou ela. — Com a lareira e as lâmpadas e a senhora tricotando coisas para bebês. Tudo parece aconchegante e caseiro, como a Inglaterra deveria ser.

— É como a Inglaterra é — afirmou Miss Marple. — Não há tantos Chalés dos Teixos por aí, minha querida.

— Acho que isso é uma coisa boa — disse Pat. — Não acredito que esta casa já tenha sido um lar feliz. Não acredito que alguém já tenha sido feliz aqui, apesar de todo o dinheiro que gastaram e das coisas que tinham.

— Não — concordou Miss Marple. — Eu não diria que foi uma casa feliz.

— Suponho que Adele pode ter sido feliz — disse Pat. — Não cheguei a conhecê-la, claro, então não sei, mas Jennifer é deveras infeliz e Elaine está morrendo de amores por um jovem que ela, no fundo, provavelmente sabe que não se importa com ela. Ah, *como* quero sair daqui! — Ela olhou para Miss Marple e sorriu de repente. — Sabia que Lance me disse para ficar o mais perto possível da senhora? Parecia pensar que desse jeito eu ficaria segura.

— Seu marido não é bobo — disse Miss Marple.

— Não. Lance não é bobo. Ou melhor, em algumas coisas ele até é. Mas eu gostaria que ele me dissesse exatamente do que está com medo. Uma coisa parece bastante clara. Alguém nesta casa está louco, e a loucura é sempre assustadora, porque ninguém sabe como funciona a mente dos loucos. Ninguém sabe o que eles farão a seguir.

— Minha pobre criança — comentou Miss Marple.

— Ah, estou bem, de verdade. Eu já deveria ser forte o suficiente a esta altura.

Miss Marple perguntou, com uma voz suave:

— Você teve uma boa dose de infelicidade durante a vida, não foi, minha querida?

— Ah, eu também vivi momentos muito bons. Tive uma infância adorável na Irlanda, cavalgando, caçando, e uma casa grande, vazia e cheia de correntes de ar com muito e muito sol. Se você teve uma infância feliz, ninguém pode tirar isso de você, não é mesmo? Foi depois, quando cresci, que as coisas passaram a sempre dar errado. Começando, imagino, pela guerra.

— Seu marido era piloto de caça, não era?

— Sim. Só estávamos casados havia cerca de um mês quando Don foi abatido. — Ela olhou para o fogo à sua frente. — No início, pensei que também queria morrer. Parecia tão injusto, tão cruel. Ainda assim, no final, quase cheguei à conclusão de que tinha sido melhor. Don foi maravilhoso na guerra. Corajoso, imprudente e alegre. Tinha todas as qualidades necessárias, desejadas na guerra. Mas eu não acredito, de alguma forma, que a paz combinaria com ele. Ele tinha uma espécie de... ah, como explicar? Insubordinação arrogante. Ele não teria se encaixado ou se acomodado. Teria lutado contra as coisas. Ele era, bem, de certa forma, antissocial. Não, ele não se encaixaria.

— É sensato da sua parte enxergar isso, minha querida. — Miss Marple curvou-se sobre o tricô, pegou um ponto, contou baixinho: — Três meias, dois tricôs, pula dois, faz dois juntos. — Então disse em voz alta: — E seu segundo marido, minha querida?

— Freddy? Freddy atirou em si mesmo.
— Oh céus. Muito triste. Que tragédia
— Éramos muito felizes juntos — contou Pat. — Comecei a perceber, cerca de dois anos depois de nos casarmos, que Freddy não era... bem, nem sempre era correto. Descobri o que estava acontecendo. Mas não parecia importar, entre nós, claro. Porque, veja bem, Freddy me amava e eu o amava. Tentei não saber dos problemas dele. Foi covarde da minha parte, suponho, mas eu não teria conseguido mudá-lo, sabe. Não se pode mudar as pessoas.

— Não — concordou Miss Marple —, não se pode mudar as pessoas.

— Eu o aceitei e amei e me casei com ele pelo que ele era, e meio que sentia que precisava... aguentar a situação. Então as coisas deram errado e ele não conseguiu enfrentar a realidade e atirou em si mesmo. Depois que ele morreu, fui para o Quênia para ficar com alguns amigos. Não consegui continuar na Inglaterra encarando todos, a velha turma que sabia de tudo. E no Quênia, conheci Lance. — Seu rosto mudou e suavizou. Ela continuou olhando para o fogo, e Miss Marple olhou para ela. Pat virou a cabeça e perguntou: — Diga-me, Miss Marple, o que a senhora realmente acha de Percival?

— Bem, eu não o vejo muito. Geralmente apenas no café da manhã. E só. Não acho que ele goste muito da minha presença aqui.

Pat riu de repente.

— Ele é pão-duro, sabe. Terrivelmente pão-duro. Lance diz que sempre foi. Jennifer também reclama disso. Revê as contas de despesas domésticas com Miss Dove. Reclama de cada item. Mas Miss Dove consegue manter o que quer. Ela é realmente uma pessoa maravilhosa. A senhora não acha?

— Sim, de fato. Ela me lembra Mrs. Latimer, de meu próprio vilarejo, St. Mary Mead. Ela dirigia o Serviço Voluntário, sabe, e as bandeirantes, e de fato, cuidava praticamente de tudo por lá. Só depois de cinco anos descobrimos que... ah, mas não devo fofocar. Não existe nada mais entediante do que ouvir alguém falando sobre lugares e pessoas que você nunca viu e sobre os quais nada sabe. Perdoe-me, minha querida.

— St. Mary Mead é um vilarejo agradável?

— Bem, eu não sei o que você chamaria de agradável, minha querida. É um vilarejo bem *bonito*. Alguns moradores são muito gentis e outros, extremamente desagradáveis. Coisas bem curiosas acontecem ali, como em qualquer outro vilarejo. A natureza humana é praticamente a mesma em todos os lugares, não é?

— A senhora sobe para visitar Miss Ramsbottom com frequência, não é? — perguntou Pat. — Ela, sim, *realmente* me assusta.

— Assusta você? Por quê?

— Porque eu acho que ela é maluca. Acho que ela tem mania religiosa. A senhora não acha que ela poderia estar... realmente... *louca*, acha?

— Como assim, louca?

— Ah, a senhora sabe o que quero dizer, Miss Marple, sabe muito bem. Ela fica fechada lá em cima e nunca sai, só fica se remoendo sobre pecado. Bem, ela pode ter sentido que, no fim das contas, sua missão na vida fosse executar o julgamento.

— É isso que seu marido pensa?

— Não sei o que Lance pensa. Ele não me diz. Mas tenho certeza de uma coisa: que ele acredita que é alguém que está louco, e alguém da família. Bem, Percival é são o suficiente, devo dizer. Jennifer é simplesmente estúpida e bastante patética. Está um pouco nervosa, mas é apenas isso, e Elaine é uma daquelas garotas estranhas, tempestuosas e tensas. Está desesperadamente apaixonada por esse jovem e nunca vai admitir para si mesma que ele vai se casar com ela pelo dinheiro.

— Você acha que ele está se casando com ela por dinheiro?

— Sim, acho. A senhora não acha?

— Devo dizer que tenho bastante certeza — respondeu Miss Marple. — Como o jovem Ellis que se casou com Marion Bates, a filha do rico dono da loja de ferragens. Ela era uma garota muito simples e absolutamente obcecada por ele. No entanto, tudo acabou muito bem. Pessoas como o jovem Ellis e este Gerald Wright só são realmente desagradáveis quando se casam por amor com uma garota pobre. Ficam tão irritados consigo mesmos por terem feito isso que descontam na garota. Mas quando se casam com uma garota rica, continuam a respeitá-la.

— Não vejo — continuou Pat, franzindo a testa — como pode ter sido alguém de fora. Isso explica essa atmosfera aqui. Todo mundo observando todo mundo. Só que alguma coisa vai acontecer em breve...

— Não haverá mais mortes — afirmou Miss Marple. — Pelo menos, é o que penso.

— A senhora não pode ter certeza.

— Bem, na verdade, tenho quase certeza. Veja bem, o assassino já cumpriu o propósito dele.

— Dele?

— Bem, dele ou dela. Foi modo de dizer.

— A senhora fala de um "propósito". Que tipo de propósito?

Miss Marple balançou a cabeça. Disso ainda não tinha certeza.

Capítulo 23

Mais uma vez, Miss Somers tinha acabado de fazer chá na sala das datilógrafas e, mais uma vez, a água da chaleira não estava fervendo quando ela despejou o líquido no chá. A história se repete. Miss Griffith, aceitando sua xícara, pensou consigo mesma: "Eu realmente *preciso* falar com Mr. Percival sobre Somers. Tenho certeza de que podemos arranjar coisa melhor. Mas com toda essa situação terrível acontecendo, não quero incomodá-lo com detalhes do escritório."

Como tantas vezes antes, Miss Griffith disse, ríspida:

— A água não ferveu *de novo*, Somers.

E Miss Somers, ficando rosa, respondeu em sua fórmula habitual:

— Oh céus, eu tinha certeza de que havia fervido *desta* vez.

Outros comentários na mesma linha foram interrompidos pela entrada de Lance Fortescue. Ele olhou em volta de maneira um tanto vaga, e Miss Griffith se levantou num pulo e foi ao seu encontro.

— Mr. Lance! — exclamou ela.

Ele se virou para ela, e um sorriso iluminou seu rosto.

— Olá. Ora, é Miss Griffith.

Miss Griffith ficou encantada. Fazia onze anos desde que ele a vira pela última vez e ainda sabia o nome dela. Ela disse, com uma voz confusa:

— Imagina, o senhor lembrar...

E Lance respondeu tranquilamente, com todo o seu charme à mostra:

— É claro que lembro.

Um lampejo de empolgação percorreu a sala das datilógrafas. Os problemas de Miss Somers com o chá foram esquecidos. Ela olhava para Lance com a boca ligeiramente aberta. Miss Bell espiava, ansiosa, por cima da máquina de escrever, e Miss Chase sacou discretamente o pó compacto e empoou o nariz. Lance Fortescue olhou ao redor.

— Então, tudo continua igual por aqui — comentou ele.

— Não há muitas mudanças, Mr. Lance. Como o senhor parece bronzeado e bem! Suponho que deve ter levado uma vida muito interessante no exterior.

— Podemos chamar assim — respondeu Lance. — Mas talvez agora eu tente ter uma vida interessante em Londres.

— O senhor vai voltar aqui para o escritório?

— Talvez.

— Ah, mas que magnífico.

— A senhorita vai notar que estou muito enferrujado — disse Lance. — Vai ter que me mostrar todos os truques, Miss Griffith.

Miss Griffith riu, deliciada.

— Será muito bom tê-lo de volta, Mr. Lance. Muito bom mesmo.

Lance lançou-lhe um olhar apreciativo.

— É gentil da sua parte — disse ele. — É muito gentil.

— Nós nunca acreditamos, nenhuma de nós pensou... — Miss Griffith interrompeu-se e enrubesceu.

Lance deu um tapinha em seu braço.

— Não acreditou que o diabo fosse tão feio como pintaram? Bem, talvez ele não fosse. Mas isso é tudo história antiga agora. Não adianta voltar atrás. O futuro é o que importa. — E acrescentou: — Meu irmão está aqui?

— Ele está no escritório interno, eu acho.

Lance assentiu com tranquilidade e seguiu adiante. Na sala interna, uma mulher de meia-idade de rosto severo levantou-se atrás de uma mesa e perguntou num tom ameaçador:

— Seu nome e empresa, por favor?

Lance olhou para ela em dúvida.

— A senhorita é... Miss Grosvenor? — perguntou.

Miss Grosvenor havia sido descrita para ele como uma loira glamourosa. De fato, assim pareceu ser nas fotos publicadas nos jornais relatando o inquérito sobre Rex Fortescue. Esta, certamente, não poderia ser Miss Grosvenor.

— Miss Grosvenor saiu na semana passada. Sou Miss Hardcastle, secretária pessoal de Mr. Percival Fortescue.

"É a cara do velho Percy", pensou Lance, "se livrar de uma loura glamourosa e colocar uma Górgona no lugar. Me pergunto por quê. Seria por segurança ou por esta sair mais barata?" Em voz alta, ele disse em tom sereno:

— Eu sou Lancelot Fortescue. A senhorita ainda não me conheceu.

— Ah, sinto muito, Mr. Lancelot — desculpou-se Mrs. Hardcastle. — Essa é a primeira vez, eu acho, que o senhor vem ao escritório?

— A primeira, mas não a última — respondeu Lance, sorrindo.

Ele atravessou a sala e abriu a porta do que havia sido o escritório particular de seu pai. Para sua surpresa, não era Percival quem estava sentado atrás da mesa, mas o Inspetor Neele. O inspetor ergueu os olhos de um grande maço de papéis que estava separando e acenou com a cabeça.

— Bom dia, Mr. Fortescue. O senhor veio para assumir suas funções, suponho.

— Então o senhor soube que eu decidi entrar na empresa?

— Seu irmão me contou.

— Ele contou, foi? Com entusiasmo?

O Inspetor Neele se esforçou para esconder um sorriso.

— O entusiasmo não foi registrado — respondeu, sério.

— Pobre Percy — comentou Lance.

Neele olhou para ele com curiosidade.

— O senhor realmente vai abraçar a vida da cidade?

— Não acha plausível, Inspetor Neele?

— Não parece muito característico, Mr. Fortescue.
— Por que não? Sou filho do meu pai.
— E da sua mãe.

Lance balançou a cabeça.

— Isso não diz nada, inspetor. Minha mãe era uma romântica vitoriana. Sua leitura favorita eram *Os Idílios do Rei*, como o senhor pode ter deduzido de nossos curiosos nomes de batismo. Ela era inválida e sempre foi, imagino, desconexa com a realidade. Eu não sou assim. Não sou sentimental, tenho muito pouco senso de romance e sou realista acima de tudo.

— As pessoas nem sempre são o que pensam — observou o Inspetor Neele.

— Sim, suponho que seja verdade — concordou Lance.

Ele se sentou em uma cadeira e esticou as longas pernas em seu jeito característico. Estava sorrindo para si mesmo. Então disse inesperadamente:

— O senhor é mais astuto que meu irmão, inspetor.

— De que forma, Mr. Fortescue?

— Deixei Percy alvoroçado, sim. Ele acha que estou pronto para a vida na cidade. Que vou ficar me metendo em seus negócios. Que vou ousar e gastar o dinheiro da empresa e tentar envolvê-lo em esquemas arriscados. Quase valeria a pena fazer isso só por diversão! Quase, mas não de verdade. Eu realmente não aguentaria uma vida de escritório, inspetor. Gosto do ar livre e de algumas possibilidades de aventura. Sufocaria num lugar como esse. — E acrescentou rapidamente: — Mas isso não é oficial, viu? Não vai me delatar para Percy, vai?

— Não creio que o assunto virá à tona, Mr. Fortescue.

— Eu preciso me divertir um pouco com Percy — disse Lance. — Quero fazê-lo suar um pouco. Dar o troco.

— Que frase um tanto curiosa, Mr. Fortescue — comentou Neele. — Dar o troco... pelo quê?

Lance deu de ombros.

· UMA PORÇÃO DE CENTEIO ·

179

— Ah, é uma história antiga. Não vale a pena relembrar.
— Houve uma pequena questão com um cheque, pelo que sei, no passado. Seria a isso que está se referindo?
— Como sabe das coisas, inspetor!
— Não havia nenhum processo, até onde sei — continuou Neele. — Seu pai não faria isso.
— Não. Ele apenas me expulsou, só isso.

O Inspetor Neele o encarou com curiosidade, embora não fosse em Lance Fortescue que pensava, mas em Percival. O honesto, trabalhador e parcimonioso Percival. Parecia-lhe que, aonde quer que a investigação o levasse, ele sempre acabava esbarrando no enigma de Percival Fortescue, um homem de quem todos conheciam os aspectos externos, mas cuja personalidade interior era muito mais difícil de avaliar. Seria possível afirmar, ao observá-lo, que tratava-se de um personagem um tanto sem graça e insignificante, um homem que vivera sob o domínio do pai. Percy Pretensioso, de fato, como o comissário assistente dissera uma vez. Neele tentava agora, por meio de Lance, obter uma avaliação mais próxima da personalidade de Percival. Ele murmurou, de maneira hesitante:

— Seu irmão parece sempre ter vivido muito... bem, como dizer... sob o domínio de seu pai.
— Eu me pergunto. — Lance parecia definitivamente considerar a afirmação. — Eu me pergunto. Sim, acho que esse seria o efeito passado. Mas não tenho certeza de que era realmente a verdade. É surpreendente, sabe, quando olho para trás, como Percy sempre conseguiu o que queria sem parecer que queria, se é que me entende.

"Sim", pensou o Inspetor Neele, "era realmente surpreendente." Ele vasculhou os papéis à sua frente, pegou uma carta e empurrou-a sobre a mesa na direção de Lance.

— O senhor escreveu esta carta em agosto passado, não foi, Mr. Fortescue?

Lance pegou-a, olhou e devolveu.

— Sim — disse ele. — Eu a escrevi depois de regressar ao Quénia no verão passado. Papai a guardou, foi? Onde estava, aqui no escritório?

— Não, Mr. Fortescue, estava entre os papéis de seu pai no Chalé dos Teixos.

O inspetor avaliou com interesse o papel à sua frente. Não era uma carta longa.

Querido Pai,
Já conversei com Pat, e concordo com sua proposta. Vou precisar de um tempo para organizar as coisas por aqui, digamos que até o final de outubro ou início de novembro. Avisarei quando estiver mais perto. Espero que possamos nos entender melhor do que antigamente. De qualquer forma, farei o meu melhor. Não posso dizer mais. Cuide-se. Atenciosamente, Lance.

— Para onde o senhor endereçou esta carta, Mr. Fortescue? Para o escritório ou para o Chalé dos Teixos?

Lance franziu a testa, se esforçando para lembrar.

— É difícil. Não consigo me lembrar. Como pode ver, já faz quase três meses. Para o escritório, acho. Sim, tenho quase certeza. Aqui para o escritório. — Ele fez uma pausa antes de perguntar com franca curiosidade: — Por quê?

— Fiquei me perguntando — disse o Inspetor Neele. — Seu pai não a colocou aqui no arquivo, entre seus papéis particulares. Ele a levou de volta ao Chalé dos Teixos, onde a encontrei em sua escrivaninha. Perguntei-me por que ele teria feito isso.

Lance riu.

— Para mantê-la longe de Percy, suponho.

— Sim — concordou o Inspetor Neele —, é o que parece. Seu irmão, então, tinha acesso aos papéis particulares de seu pai aqui no escritório?

— Bem — Lance hesitou e franziu a testa —, não exatamente. Quer dizer, suponho que ele pudesse dar uma olhada neles a qualquer momento se quisesse, mas não seria...

O Inspetor Neele terminou a frase por ele.

— Não seria correto?

Lance abriu um largo sorriso.

— Exato. Francamente, seria bisbilhotar. Mas Percy, imagino, sempre bisbilhotou.

O Inspetor Neele assentiu. Ele também achava provável que Percival Fortescue bisbilhotasse. Estaria de acordo com o que o inspetor começava a aprender sobre seu caráter.

— E falando no diabo — murmurou Lance quando, bem naquele momento, a porta se abriu e Percival Fortescue entrou. Prestes a falar com o inspetor, ele parou e franziu a testa ao ver Lance.

— Olá — disse ele. — Você por aqui? Não me avisou que viria hoje.

— Fui tomado por uma espécie de devoção ao trabalho — explicou Lance —, então cá estou, pronto para ser útil. O que quer que eu faça?

Percival respondeu, impaciente:

— Nada no momento. Nada mesmo. Teremos que chegar a algum tipo de acordo sobre de que lado do negócio você vai cuidar. Teremos que providenciar um escritório para você.

Lance questionou com um sorrisinho:

— A propósito, por que você se livrou da glamourosa Grosvenor, meu velho, e substituiu-a pelo tribufu que está lá fora?

— Sinceramente, Lance... — protestou Percival em tom brusco.

— Definitivamente, uma mudança para pior — continuou Lance. — Eu estava ansioso pela glamourosa Grosvenor. Por que a mandou para o olho da rua? Achou que ela sabia um pouco demais?

— É claro que não. Que ideia! — Percy falou com raiva, um rubor crescendo em seu rosto pálido. Ele se virou para o inspetor e disse com frieza: — O senhor não deve dar atenção ao meu irmão. Ele tem um senso de humor bastante peculiar. — E acrescentou: — Eu nunca tive uma opinião muito boa sobre a inteligência de Miss Grosvenor. Mrs. Hardcastle tem referências excelentes e é muito competente, além de ser muito moderada em seus termos.

— Muito moderada em seus termos — repetiu Lance, olhando para o teto. — Sabe, Percy, eu realmente não aprovo essa falta de valor ao pessoal do escritório. A propósito, considerando a lealdade da equipe ao nosso lado durante essas últimas semanas trágicas, você não acha que devemos aumentar seus salários?

— Certamente não — retrucou Percival Fortescue. — Totalmente injustificado e desnecessário.

O Inspetor Neele percebeu o brilho da maldade nos olhos de Lance. Percival, no entanto, estava muito aborrecido para notar.

— Você sempre teve as ideias mais extravagantes e extraordinárias — gaguejou ele. — No estado em que esta empresa foi deixada, a economia é nossa única esperança.

O Inspetor Neele pigarreou.

— Essa é uma das coisas que eu gostaria de discutir com o senhor, Mr. Fortescue — disse ele a Percival.

— Sim, inspetor? — Percival voltou sua atenção para Neele.

— Quero apresentar algumas sugestões, Mr. Fortescue. Soube que, nos últimos seis meses ou mais, possivelmente um ano, o comportamento e a conduta geral de seu pai foi uma fonte de ansiedade crescente para você.

— Ele não estava bem — afirmou Percival. — Certamente não estava nada bem.

— O senhor tentou induzi-lo a ver um médico, mas falhou. Ele recusou categoricamente?

— Exato.

— Posso perguntar se você suspeitava que seu pai estava sofrendo do que é familiarmente conhecido como Demência

Paralítica, ou doença de Bayle, uma condição com sinais de megalomania e irritabilidade que termina mais cedo ou mais tarde em insanidade incurável?

Percival pareceu surpreso.

— É extremamente astuto da sua parte, inspetor. Isso é exatamente o que eu temia. É por isso que estava tão ansioso para que meu pai se submetesse a tratamento médico.

Neele continuou:

— Nesse ínterim, até que conseguisse persuadir seu pai, ele foi capaz de causar uma grande confusão no negócio da família?

— Certamente — concordou Percival.

— Uma situação muito infeliz — disse o inspetor.

— Terrível. Ninguém sabe a ansiedade pela qual passei.

Neele comentou em tom suave:

— Do ponto de vista comercial, a morte de seu pai foi uma circunstância extremamente favorável.

Percival respondeu bruscamente:

— Não é possível que o senhor pense que eu encararia a morte do meu pai sob essa ótica.

— Não é uma questão de como o senhor a encara, Mr. Fortescue. Estou apenas apontando um fato. Seu pai morreu antes que suas finanças estivessem completamente arruinadas.

Percival concordou, com impaciência:

— Sim, sim. Levando apenas os fatos em consideração, o senhor está certo.

— Foi favorável para toda a sua família, já que eles dependem desse negócio.

— Sim. Mas, francamente, inspetor, não vejo aonde o senhor quer chegar... — Percival hesitou.

— Ah, eu não estou querendo chegar a lugar algum, Mr. Fortescue — disse Neele. — Só gosto de esclarecer meus fatos. Agora, outra coisa. Eu entendi o senhor dizer que não teve nenhum tipo de comunicação com seu irmão aqui desde que ele deixou a Inglaterra, muitos anos atrás.

— Exatamente — confirmou Percival.
— Sim, mas não foi bem assim, foi, Mr. Fortescue? Quero dizer, na primavera passada, quando estava tão preocupado com a saúde de seu pai, o senhor chegou a escrever para seu irmão na África e confessar sua preocupação sobre o comportamento de seu pai. O senhor queria, eu acho, que seu irmão o ajudasse a fazer com que seu pai fosse examinado clinicamente e colocado sob restrição, se necessário.
— Eu... eu... realmente, eu não vejo... — Percival estava muito abalado.
— É verdade, não é, Mr. Fortescue?
— Bem, na verdade, acho que eu estava certo. Afinal, Lancelot *era* um parceiro júnior.
O Inspetor Neele transferiu seu olhar para Lance, que sorria.
— O senhor recebeu essa carta? — perguntou o inspetor.
Lance Fortescue assentiu.
— O que respondeu?
O sorriso de Lance se alargou.
— Eu disse a Percy para esfriar a cabeça e deixar o velho em paz. Falei que papai provavelmente sabia muito bem o que estava fazendo.
O olhar do Inspetor Neele voltou para Percival.
— Foram esses os termos da resposta do seu irmão?
— Eu... eu... bem, acho que, mais ou menos, sim. Expresso de modo muito mais ofensivo, no entanto.
— Achei melhor o inspetor ter uma versão censurada — disse Lance. Ele continuou: — Francamente, Inspetor Neele, esse é um dos motivos pelos quais, quando recebi a carta de meu pai, vim para casa a fim de confirmar o que imaginava. Na curta conversa que tive com ele, francamente, não consegui ver nada de errado. Estava ligeiramente agitado, só isso. Pareceu-me perfeitamente capaz de administrar seus próprios negócios. De qualquer forma, depois que voltei para a África e conversei com Pat, decidi voltar para casa e, digamos, fazer jogo limpo.

Ele lançou um olhar para Percival enquanto falava.

— Discordo — afirmou Percival Fortescue. — Discordo fortemente do que você está sugerindo. Eu não pretendia vitimar meu pai, estava preocupado com a saúde dele. Admito que também estava preocupado... — Ele fez uma pausa.

Lance preencheu a pausa rapidamente.

— Você também estava preocupado com o seu bolso, não é? Com o bolsinho de Percy. — Ele se levantou, mudando de atitude de repente. — Tudo bem, Percy, cansei. Eu ia te enganar um pouco fingindo trabalhar aqui. Não ia deixar você conseguir tudo do seu jeitinho, mas Deus me livre continuar com isso. Francamente, fico enjoado só de ficar na mesma sala que você. Você sempre foi um falso sórdido e mesquinho a vida toda. Bisbilhotando, vasculhando, mentindo e criando problemas. Vou te dizer outra coisa. Não posso provar, mas sempre acreditei que foi você quem falsificou o cheque que criou toda aquela briga, que me expulsou daqui. Para começar, era uma péssima falsificação, uma falsificação que chamava atenção em letras garrafais. Meu histórico era muito ruim para eu ser capaz de protestar com eficácia, mas muitas vezes me perguntei se o velho não percebeu que, se eu *tivesse* falsificado seu nome, poderia ter feito um trabalho muito melhor do que aquele.

Lance prosseguiu, sua voz aumentando:

— Bem, Percy, não vou continuar com esse joguinho bobo. Estou farto deste país e da cidade. Estou farto de homenzinhos como você, com suas calças listradas e seus paletós pretos e suas vozes afetadas e seus negócios mesquinhos e baratos. Dividiremos nossas cotas como você sugeriu, e voltarei com Pat para um país diferente, um país onde há espaço para respirar e se mover. Pode fazer a divisão de títulos que quiser. Fique com seus investimentos garantidos e os conservadores, fique com os que rendem dois por cento, três e até três e meio por cento. Dê-me as últimas especulações arriscadas de meu pai, como você as chama. A maioria provavelmente não vai dar em nada. Mas aposto que, no final, uma ou duas pagarão melhor do que todos os seus acordos seguros com os três por cento de ações do administrador. Papai era um velho diabo astuto. Ele se arriscou, muitas vezes. Alguns desses riscos renderam até cinco a seis ou sete por cento. Vou acreditar no discernimento e na sorte dele. Quanto a você, seu vermezinho...

Lance avançou na direção do irmão, que recuou rapidamente, contornando a ponta da mesa na direção do Inspetor Neele.

— Tudo bem — disse Lance. — Não vou tocar em você. Você me queria fora daqui, e foi o que conseguiu. Deve estar satisfeito.

Ele acrescentou enquanto caminhava em direção à porta:

— Pode adicionar a antiga concessão da Mina dos Pássaros na minha conta também, se quiser. Se tivermos MacKenzies assassinos em nosso encalço, vou atraí-los para a África.

E continuou, ao passar pela porta:

— Vingança... após todos esses anos... dificilmente parece crível. Mas o Inspetor Neele pelo visto leva essa teoria a sério, não é, inspetor?

— Bobagem — disse Percival. — Isso é impossível!

— Pergunte a ele — respondeu Lance. — Pergunte a ele por que está fazendo todas essas perguntas sobre pássaros e centeio no bolso do papai.

Afagando suavemente o lábio superior, o Inspetor Neele falou:

— O senhor se lembra dos pássaros no verão passado, Mr. Fortescue. *Existem* motivos para investigação.

— Bobagem — repetiu Percival. — Ninguém ouve falar dos MacKenzie há anos.

— Ainda assim — disse Lance — Eu quase ousaria jurar que há um MacKenzie em nosso meio. E imagino que o inspetor também pense assim.

* * *

O Inspetor Neele alcançou Lancelot Fortescue quando este saiu rua abaixo.

Lance abriu um sorrisinho um tanto envergonhado.

— Não era minha intenção fazer isso — disse ele. — Mas de repente perdi a paciência. Ah, bem! Teria acontecido em algum momento em breve. Vou me encontrar com Pat no Savoy; o senhor está indo na mesma direção, inspetor?

— Não, estou voltando para Baydon Heath. Mas eu gostaria apenas de lhe fazer uma pergunta, Mr. Fortescue.

— Sim!

— Quando entrou no escritório interno e me viu lá... o senhor ficou surpreso. Por quê?

— Porque não esperava vê-lo, suponho. Achei que encontraria Percy lá dentro.

— Não lhe disseram que ele tinha saído?

Lance o olhou com curiosidade.

— Não. Disseram que ele estava em seu escritório.

— Entendo... Ninguém sabia que ele tinha saído. Não há uma segunda porta para fora do escritório interno, mas há uma porta na pequena antessala que leva direto ao corredor. Suponho que seu irmão tenha saído por ali, mas estou surpreso que Mrs. Hardcastle não lhe tenha dito isso.

Lance riu.

— Ela provavelmente tinha ido buscar sua xícara de chá.

— Sim, sim, é verdade.

Lance olhou para ele.

— Qual é a ideia, inspetor?

— Só estou intrigado com algumas coisinhas, só isso, Mr. Fortescue...

Capítulo 24

No trem a caminho de Baydon Heath, o Inspetor Neele teve pouquíssimo sucesso nas palavras cruzadas do *The Times*. Sua mente estava distraída por várias possibilidades. Da mesma forma, absorveu as notícias com apenas metade de seu cérebro. Ele leu sobre um terremoto no Japão, sobre a descoberta de depósitos de urânio em Tanganica, sobre o corpo de um marinheiro mercante que apareceu em uma praia perto de Southampton e sobre a greve iminente entre os estivadores. Ele leu sobre as últimas vítimas de violência policial e sobre uma nova droga que alcançara resultados esplêndidos em casos avançados de tuberculose.

Todos esses itens formaram um tipo estranho de padrão no fundo de sua mente. Em seguida, ele voltou às palavras cruzadas e conseguiu desvendar três pistas em rápida sucessão.

Quando chegou ao Chalé dos Teixos, o inspetor havia tomado uma decisão. Ele perguntou ao Sargento Hay:

— Onde está aquela senhora? Ela ainda está aí?

— Miss Marple? Ah, sim, ela ainda está aqui. Ficou muito amiga da velha senhora lá em cima.

— Entendo. — Neele parou por um momento antes de prosseguir: — Onde ela está agora? Eu gostaria de vê-la.

Miss Marple chegou em alguns minutos, parecendo bastante corada e respirando depressa.

— O senhor queria me ver, Inspetor Neele? Espero não o ter deixado esperando. O Sargento Hay não conseguiu me encontrar de imediato. Eu estava na cozinha, conversando com Mrs. Crump. Parabenizei-a pela massa e pela leveza de sua mão, e disse a ela como o suflê da noite passada estava delicioso. Eu sempre acho, sabe, que é melhor abordar um assunto aos poucos, não é? No entanto, suponho que não seja tão fácil para o senhor. De maneira geral, sempre precisa ir direto ao ponto. Mas, claro, para uma senhora idosa como eu, que tem todo o tempo do mundo, como se pode dizer, é realmente *esperado* que haja muita conversa desnecessária. E o caminho para o coração de uma cozinheira, como dizem, é através de sua massa.

— O que a senhora realmente queria falar com ela — perguntou o inspetor Neele — era sobre Gladys Martin?

Miss Marple concordou.

— Sim. Gladys. Veja só, Mrs. Crump soube realmente me dizer muito sobre a garota. Não em conexão com o assassinato. Não quis dizer isso. Mas sobre seu ânimo ultimamente e as coisas aleatórias que falava. Não digo aleatórias no sentido de estranhas. Quero dizer apenas as conversas fiadas.

— E foi útil? — perguntou o inspetor Neele.

— Sim — disse Miss Marple. — Achei muito útil, de fato. Eu realmente acho, sabe, que as coisas estão se tornando muito mais claras, não é?

— Concordo, mas não muito — respondeu o Inspetor Neele.

O Sargento Hay, ele notou, saíra da sala. Isso o deixou satisfeito porque o que estava prestes a fazer agora era, para dizer o mínimo, um pouco heterodoxo.

— Escute só, Miss Marple — começou ele —, quero falar com a senhora a sério.

— Sim, Inspetor Neele?

— De certa forma — continuou ele —, a senhora e eu representamos diferentes pontos de vista. Admito, Miss Marple, ter ouvido sobre a senhora na Scotland Yard. — Ele sorriu: — Parece que é bastante conhecida por lá.

— Não sei como — respondeu a senhora, agitada —, mas frequentemente me vejo metida em coisas que realmente *não são* da minha conta. Crimes, quero dizer, e acontecimentos peculiares.

— A senhora tem uma reputação — comentou o inspetor.

— Sir Henry Clithering, é claro — disse Miss Marple —, é um velho amigo meu.

— Como falei antes — continuou Neele — a senhora e eu representamos pontos de vista opostos. Quase seria possível chamá-los de sanidade e insanidade.

Miss Marple inclinou um pouco a cabeça para o lado.

— Ora, me pergunto o que exatamente o senhor quer dizer com isso, inspetor?

— Bem, Miss Marple, existe uma maneira sã de ver as coisas. Este assassinato beneficia certas pessoas. Uma pessoa, posso dizer, em particular. O segundo assassinato beneficia a mesma pessoa. O terceiro assassinato pode ser chamado de assassinato por garantia.

— Mas qual deles o senhor chama de terceiro assassinato? — perguntou Miss Marple.

Seus olhos, de um azul brilhante como porcelana, se fixaram com astúcia no inspetor. Ele assentiu.

— Sim. A senhora tem algo aí, talvez. Sabe, outro dia, quando o comissário assistente estava falando comigo sobre esses assassinatos, algo que ele disse me pareceu errado. Foi isso. Eu estava pensando, é claro, na canção de ninar. O rei no tesouro, a rainha na sala e a empregada estendendo as roupas.

— Exatamente — disse Miss Marple. — A sequência é nessa ordem, mas na verdade Gladys deve ter sido assassinada *antes* de Mrs. Fortescue, não é?

— Acho que sim — concordou Neele. — Creio que certamente sim. Seu corpo só foi descoberto tarde da noite e, claro, foi difícil estabelecer exatamente há quanto tempo ela estava morta. Mas, na minha opinião, é quase certo que ela foi assassinada por volta das 17 horas, porque caso contrário...

Miss Marple o interrompeu.

— Porque, caso contrário, ela teria levado a segunda bandeja para a sala de estar?

— Exatamente. Ela serviu uma bandeja com o chá, depois levou a segunda bandeja para o corredor quando *algo aconteceu*. Ela viu ou ouviu algo. A questão é o que era esse algo. *Pode* ter sido Dubois descendo as escadas do quarto de Mrs. Fortescue. *Pode* ter sido o rapaz de Elaine Fortescue, Gerald Wright, entrando pela porta lateral. Quem quer que fosse, essa pessoa a atraiu para longe da bandeja de chá e em direção ao jardim. E depois disso, não vejo qualquer possibilidade de sua morte ter demorado muito a acontecer. Estava frio e ela estava usando apenas seu uniforme fino.

— Claro que o senhor está certo — concordou Miss Marple. — Quer dizer, nunca foi um caso de "a empregada estava no jardim pendurando as roupas". Ela não penduraria roupas àquela hora da noite e não iria ao varal sem vestir um casaco. Isso tudo foi camuflagem, assim como o prendedor de roupa, para que tudo se encaixasse na rima.

— Exatamente — disse o Inspetor Neele. — Loucura. É aí que eu ainda não consigo concordar com a senhora. Eu não consigo... simplesmente não consigo engolir esse negócio da canção infantil.

— Mas se *encaixa*, inspetor. O senhor precisa concordar que se encaixa.

— De fato — concordou Neele, com seriedade —, mas, mesmo assim, a ordem está errada. Quero dizer, a rima definitivamente sugere que a empregada foi o terceiro assassinato. Mas sabemos que a rainha foi o terceiro assassinato. Adele Fortescue só foi morta entre 17h25 e 17h55. A essa altura, Gladys já devia estar morta.

— Então está tudo errado, não é? — perguntou Miss Marple. — Tudo errado para a rima infantil. Isso é muito significativo, não é?

O Inspetor Neele deu de ombros.

— Provavelmente são apenas detalhes. As mortes cumprem as condições da rima, e suponho que apenas isso fosse necessário. Mas eu estava falando como se estivesse do seu lado. Agora vou descrever o *meu* lado do caso, Miss Marple. Excluirei os passarinhos e o centeio e tudo o mais. Seguirei fatos sóbrios, bom senso e as razões pelas quais pessoas sãs cometem assassinatos. Primeiro, a morte de Rex Fortescue, e *quem se beneficia com sua morte*. Bem, muitas pessoas se beneficiam, mas acima de tudo, seu filho, Percival. Ele não estava no Chalé dos Teixos naquela manhã. Não poderia ter colocado veneno no café do pai ou em qualquer coisa que ele comeu no café da manhã. Ou foi isso o que pensamos de início.

— Ah! — Os olhos de Miss Marple brilharam. — Então *houve* um método, não foi? Estive pensando muito nisso, sabe, e tive várias ideias. Mas é claro que nenhuma evidência ou prova.

— Não há mal nenhum em contar à senhora — disse o Inspetor Neele. — A taxina foi acrescentada em um pote novo de marmelada. O pote foi colocado na mesa do desjejum e a camada superior foi comida por Mr. Fortescue. Mais tarde, esse mesmo pote foi jogado nos arbustos e um pote semelhante com uma quantidade semelhante foi posto na despensa. O jarro nos arbustos foi encontrado, e acabei de receber o resultado da análise. Ele mostra evidências definitivas de taxina.

— Então foi isso — murmurou Miss Marple. — Tão simples e fácil de fazer.

— A Consolidated Investments — continuou Neele — estava em mau estado. Se a empresa precisasse pagar uma herança de 100 mil libras a Adele Fortescue, acho que teria quebrado. Se Mrs. Fortescue tivesse vivido por mais um mês após a morte do marido, esse dinheiro *teria* de ser pago a ela. Ela não teria nenhum apego pela empresa ou suas dificuldades. Mas ela não viveu mais um mês. Ela morreu e, como resultado de sua morte, o vencedor foi o legatário residual do testamento de Rex Fortescue. Em outras palavras, Percival Fortescue novamente.

"Sempre Percival Fortescue — continuou o inspetor com amargura. — E embora ele *pudesse* ter adulterado a marmelada, ele não poderia ter envenenado a madrasta ou estrangulado Gladys. De acordo com sua secretária, ele estava em seu escritório às 17 horas naquele dia e só voltou para cá quase às 19 horas."

— Isso dificulta *um bocado* essa teoria, não é? — disse Miss Marple.

— Isso impossibilita essa teoria — corrigiu o Inspetor Neele, desanimado. — Em outras palavras, Percival está *fora*. — Abandonando o autocontrole e a prudência, ele falou com certa amargura, quase alheio à presença de sua ouvinte. — Aonde quer que eu vá, para onde quer que eu vire, sempre encontro a mesma pessoa. Percival Fortescue! No entanto, *não pode* ter sido Percival Fortescue. — Acalmando-se um pouco, ele concluiu: — Bem, existem outras possibilidades, outras pessoas com um motivo perfeitamente aceitável.

— Mr. Dubois, é claro — disse Miss Marple, astuta. — E aquele jovem Mr. Wright. Concordo com o senhor, inspetor. Sempre que há uma questão de *ganho*, é preciso ser *muito desconfiado*. A grande coisa a se evitar é ter muita confiança nos outros.

Neele não pôde evitar um sorriso.

— Sempre pense o pior, hein? — perguntou ele.

Parecia uma doutrina curiosa vindo dessa senhora encantadora e de aparência frágil.

— Ah, sim — confirmou Miss Marple, com fervor. — Eu sempre espero o pior. O que é triste é que geralmente isso se prova necessário.

— Tudo bem — disse Neele —, vamos pensar o pior. Pode ter sido Dubois; pode ter sido Gerald Wright, isto é, se ele agisse em conluio com Elaine Fortescue e ela adulterasse a marmelada; pode ter sido Mrs. Percival, suponho. Ela estava no local. Mas nenhuma das pessoas que mencionei se encaixa no ângulo maluco. Eles não se conectam à passarinhos e bolsos cheios de centeio. Essa é a *sua* teoria, e pode ser que esteja certa. Se sim, tudo se resume a uma pessoa, não é? Mrs.

MacKenzie está em um manicômio há vários anos. Ela não anda mexendo em potes de marmelada ou colocando cianureto em chás da tarde. Seu filho Donald foi morto em Dunquerque. Só resta a filha, Ruby MacKenzie. E se sua teoria estiver correta, se toda essa série de assassinatos deriva do antigo negócio da Mina dos Pássaros, Ruby MacKenzie deve estar aqui nesta casa, e só há uma pessoa que Ruby MacKenzie poderia ser.

— Eu acho, sabe — disse Miss Marple —, que o senhor está sendo um pouco dogmático demais.

O Inspetor Neele não prestou atenção.

— Só uma pessoa — disse ele, severo.

Ele se levantou e saiu da sala.

Mary Dove estava em sua sala de estar. Era um cômodo pequeno, com decoração bastante austera, mas confortável. Ou melhor, a própria Miss Dove o deixara confortável. Quando o Inspetor Neele bateu na porta, Mary Dove ergueu a cabeça, que estava inclinada sobre uma pilha de livros contábeis, e disse em sua voz clara:

— Entre.

O inspetor entrou.

— Sente-se, inspetor. — Miss Dove indicou uma cadeira.

— Pode esperar apenas um momento? O valor total da conta do peixeiro não parece estar correto, e preciso verificar.

O Inspetor Neele ficou sentado em silêncio, observando-a enquanto ela somava a coluna. Que garota maravilhosamente calma e controlada, pensou ele. Ficou intrigado, como tantas vezes antes, com a personalidade subjacente a essa atitude autoconfiante. Tentou identificar em suas feições qualquer semelhança com as da mulher com quem conversara no Sanatório Pinewood. A coloração não era diferente, mas ele não conseguiu detectar nenhuma semelhança facial relevante. Por fim, Mary Dove levantou a cabeça de suas contas e disse:

— Sim, inspetor? O que posso fazer pelo senhor?

O Inspetor Neele disse baixinho:

— Sabe, Miss Dove, há certas características muito peculiares neste caso.

— Sim?

— Para começar, há a estranha circunstância do centeio encontrado no bolso de Mr. Fortescue.

— Isso foi muito extraordinário — concordou Mary Dove. — O senhor sabe que eu realmente não consigo pensar em nenhuma explicação para isso.

— Depois, há a curiosa circunstância dos pássaros. Aqueles quatro passarinhos na mesa de Mr. Fortescue no verão passado, e também o incidente dos passarinhos no lugar da vitela e do presunto na torta. Acho que a senhorita estava aqui, Miss Dove, no momento de ambas as ocorrências, certo?

— Sim, estava. Eu me lembro agora. Foi muito perturbador. Pareceu-me algo muito maldoso e sem propósito a se fazer, especialmente na época.

— Talvez não totalmente sem propósito. O que a senhora sabe, Miss Dove, sobre a Mina dos Pássaros?

— Acho que nunca ouvi falar da Mina dos Pássaros.

— Seu nome, a senhorita me disse, é Mary Dove. Esse é o seu nome verdadeiro, Miss Dove?

Mary ergueu as sobrancelhas. O Inspetor Neele tinha quase certeza de que uma expressão cautelosa surgira em seus olhos azuis.

— Que pergunta extraordinária, inspetor. O senhor está insinuando que meu nome *não* é Mary Dove?

— É exatamente isso o que estou insinuando. Estou insinuando — disse Neele em tom agradável — que seu nome é Ruby MacKenzie.

Ela o encarou. Por um momento, seu rosto ficou totalmente inexpressivo, sem protesto ou surpresa. Aquela, pensou o Inspetor Neele, era definitivamente a reação de quem está calculando o que responder. Depois de um ou dois minutos, ela disse, em voz baixa e neutra:

— O que espera que eu diga?

— Por favor, me responda. Seu nome é Ruby MacKenzie?
— Eu lhe disse que meu nome é Mary Dove.
— Sim, mas a senhorita tem prova disso, Miss Dove?
— O que quer ver? Minha certidão de nascimento?
— Isso pode ser útil ou não. A senhorita poderia, quero dizer, estar em posse da certidão de nascimento de *uma* Mary Dove. Essa Mary Dove poderia ser uma amiga sua ou alguém que já morreu.
— Sim, há muitas possibilidades, não há? — A diversão voltara à voz de Mary Dove. — É realmente um grande dilema para o senhor, não é, inspetor?
— Eles poderiam reconhecê-la no Sanatório Pinewood — disse Neele.
— Sanatório Pinewood! — Mary ergueu a sobrancelha. — O que é ou onde fica o Sanatório Pinewood?
— Acho que sabe muito bem, Miss Dove.
— Garanto que não faço ideia.
— E a senhorita nega categoricamente que é Ruby MacKenzie?
— Eu realmente não gostaria de negar *nada*. Sabe, inspetor, o que eu acho é que depende de o senhor provar que eu *sou* Ruby MacKenzie, seja ela quem for. — Havia um divertimento claro em seus olhos azuis agora, divertimento e desafio. Olhando-o diretamente nos olhos, Mary Dove disse:
— Sim, depende do senhor, inspetor. Prove que sou Ruby MacKenzie, se puder.

Capítulo 25

— A velhota está procurando pelo senhor — disse o Sargento Hay em um sussurro conspiratório enquanto o Inspetor Neele descia as escadas. — Parece que ela tem muito mais a lhe dizer.

— Inferno e maldição — praguejou o Inspetor Neele.

— Sim, senhor — respondeu o Sargento Hay sem mover um músculo do rosto.

Ele estava prestes a partir quando Neele o chamou de volta.

— Revise os dados que nos foram fornecidos por Miss Dove, Hay, dados sobre seu antigo emprego e situações. Confira a veracidade das informações. E também há uma ou duas coisas mais que eu gostaria de saber. Cuide disso, sim?

Ele anotou algumas linhas numa folha de papel e as deu ao Sargento Hay, que afirmou:

— Começarei imediatamente, senhor.

Ao ouvir um murmúrio de vozes na biblioteca, o Inspetor Neele olhou para dentro. Quer Miss Marple estivesse procurando por ele ou não, ela agora estava totalmente imersa em uma conversa com Mrs. Percival Fortescue enquanto suas agulhas de tricô estalavam rapidamente. O meio da frase que o Inspetor Neele pegou foi:

— Realmente, sempre achei que a enfermagem fosse um trabalho para o qual se precisasse de vocação. Sem dúvida é um trabalho muito nobre.

O Inspetor Neele retirou-se em silêncio. Miss Marple o notara, pensou ele, mas não deixara demonstrar.

Ela continuou em sua voz suave e gentil:

— Eu tive uma enfermeira tão adorável uma vez, quando quebrei o pulso. Depois de mim ela passou a cuidar do filho de Mrs. Sparrow, um jovem oficial da Marinha muito simpático. Foi um romance e tanto, mesmo, porque eles até acabaram noivos. Achei tão romântico. Eles se casaram e foram muito felizes e tiveram dois filhos pequenos muito queridos. — Miss Marple suspirou, sentimental. — Foi pneumonia, sabe. Bons cuidados de enfermagem fazem muita diferença em uma pneumonia, não é?

— Ah, sim — respondeu Jennifer Fortescue. — A enfermagem é praticamente tudo o que importa no tratamento da pneumonia, embora é claro que hoje em dia a sulfapiridina faça maravilhas. Não é a batalha longa e cansativa que costumava ser.

— Tenho certeza de que você deve ter sido uma excelente enfermeira, minha querida — disse Miss Marple. — Esse foi o começo do *seu* romance, não foi? Quero dizer, você veio aqui para cuidar de Mr. Percival Fortescue, não foi?

— Sim — afirmou Jennifer. — Sim, sim... foi assim que aconteceu.

Sua voz não a encorajava a continuar, mas Miss Marple pareceu não notar.

— Compreendo. Não se deve dar ouvidos às fofocas dos empregados, é claro, mas temo que uma velha como eu esteja sempre interessada em ouvir sobre as pessoas da casa. Pois bem, o que eu estava dizendo? Ah, sim. No início havia outra enfermeira, não havia? E ela foi mandada embora, ou algo assim. Negligência, creio eu.

— Não acho que tenha sido negligência — corrigiu Jennifer. — Creio que o pai dela estava desesperadamente doente ou algo assim, então eu vim para substituí-la.

— Entendi — disse Miss Marple. — E você se apaixonou e foi isso. Sim, muito bom mesmo, muito bom.

— Não tenho tanta certeza — discordou Jennifer Fortescue. — Às vezes eu gostaria... — Sua voz falhou. — Às vezes eu gostaria de estar de volta às enfermarias.

— Sim, sim, entendo. Você gostava de sua profissão.

— Não muito, na época, mas agora, quando penso nisso... a vida é tão monótona, sabe. Dia após dia, sem nada para fazer, e Val tão absorto nos negócios.

Miss Marple balançou a cabeça.

— Os cavalheiros precisam trabalhar tanto hoje em dia — comentou ela. — Não parece sobrar qualquer tempo livre, não importa quanto dinheiro haja.

— Sim, às vezes é muito solitário e enfadonho para uma esposa. Com frequência desejo nunca ter vindo para cá — disse Jennifer. — Ah, bem, atrevo-me a dizer que foi bem feito para mim. Eu nunca deveria ter feito isso.

— Nunca deveria ter feito o quê, minha querida?

— Eu nunca deveria ter me casado com Val. Ah, bem... — Ela suspirou de modo de repente. — Não vamos mais falar sobre isso.

Obediente, Miss Marple começou a falar sobre as novas saias que estavam sendo usadas em Paris.

— Muito gentil da sua parte não ter interrompido — disse Miss Marple quando, depois de bater na porta do escritório, o Inspetor Neele lhe pediu para entrar. — Havia apenas um ou dois pontinhos, sabe, que eu queria verificar. — Ela acrescentou em tom de censura: — Nós dois não chegamos a terminar nossa conversa agora há pouco.

— Sinto muito, Miss Marple. — O Inspetor Neele deu um sorriso encantador. — Acho que fui um tanto rude. Chamei-a para uma consulta e falei sozinho.

— Ah, não tem problema — respondeu Miss Marple imediatamente. — Porque, veja só, eu não estava realmente pronta para colocar todas as *minhas* cartas na mesa. Quer dizer, eu não gostaria de fazer nenhuma acusação a menos que tivesse absoluta certeza. Isto é, claro, na *minha própria cabeça*. E eu *tenho* certeza, agora.

— Tem certeza do quê, Miss Marple?

— Bem, sem dúvida sobre quem matou Mr. Fortescue. Quero dizer, o que o senhor me contou sobre a marmelada encerra a questão. Digo, mostrando *como* e *quem*, seguindo a sua lógica de raciocínio.

O Inspetor Neele piscou, sem reação.

— Desculpe-me — prosseguiu Miss Marple, percebendo os efeitos de suas palavras. — Temo que às vezes eu ache difícil me fazer entender.

— Ainda não tenho certeza, Miss Marple, do que estamos falando.

— Bem, talvez — respondeu Miss Marple — seja melhor começarmos tudo de novo. Quero dizer, se o senhor tiver tempo. Gostaria muito de lhe apresentar meu ponto de vista. Veja, conversei bastante com as pessoas, com a velha Miss Ramsbottom e com Mrs. Crump e seu marido. Ele, é claro, é um mentiroso, mas isso realmente não importa porque, se você sabe que mentirosos são mentirosos, dá no mesmo. Mas eu queria esclarecer os telefonemas e as meias de náilon e tudo mais.

O Inspetor Neele piscou novamente e se perguntou no que ele havia se metido e por que sequer pensara que Miss Marple poderia ser uma colega adequada e lúcida. Ainda assim, pensou, por mais confusa que ela fosse, poderia ter recolhido algumas informações úteis. Todo o sucesso do Inspetor Neele em sua profissão veio de saber escutar. Ele estava preparado para escutar agora.

— Por favor, me conte tudo, Miss Marple — pediu ele. — Mas comece do início, sim?

— Sim, claro — disse Miss Marple —, e o começo é Gladys. Quer dizer, vim aqui por causa da Gladys. E o senhor muito gentilmente me deixou examinar todas as coisas dela. E com isso e as meias de náilon e os telefonemas e uma coisa e outra, ficou perfeitamente claro. Quero dizer, sobre Mr. Fortescue e a taxina.

— A senhora tem uma teoria? — perguntou o Inspetor Neele. — Sobre quem colocou a taxina na marmelada de Mr. Fortescue?

— Não é uma teoria — corrigiu Miss Marple. — Eu sei.

Pela terceira vez, o inspetor piscou.

— Foi Gladys, é claro — afirmou Miss Marple.

Capítulo 26

O Inspetor Neele olhou para Miss Marple e balançou a cabeça lentamente.

— Está dizendo — falou ele, incrédulo — que Gladys Martin deliberadamente assassinou Rex Fortescue? Sinto muito, Miss Marple, mas simplesmente não acredito.

— Não, é claro que ela não *queria* assassiná-lo — explicou Miss Marple —, mas o fez mesmo assim! O senhor mesmo disse que ela estava nervosa e chateada quando a questionou. E que parecia culpada.

— Sim, mas não culpada de *assassinato*.

— Ah, não, eu concordo. Como já disse, ela não *queria* assassinar ninguém, mas colocou a taxina na marmelada. Não pensou que fosse veneno, é claro.

— *O que* ela pensou que fosse? — A voz do inspetor Neele ainda soava incrédula.

— Acho que ela pensou que era uma droga da verdade — disse Miss Marple. — É muito interessante, sabe, e muito instrutivo, as coisas que essas meninas recortam dos jornais e guardam. Sempre foi assim ao longo dos tempos. Receitas para ficar bela, para atrair o homem que ama. E bruxaria, feitiços e acontecimentos maravilhosos. Hoje em dia, fica tudo agrupado principalmente sob o título de Ciência. Ninguém mais acredita em mágicos, ninguém acredita que alguém pode chegar e acenar com uma varinha e transformá-lo em um sapo. Mas se você ler no jornal que, ao injetar certas glândulas, os cientistas podem alterar seus tecidos vitais e fazer com que você desenvolva características semelhantes às de um sapo, bem, todo mundo vai acreditar. E tendo lido nos jornais sobre drogas da verdade, é claro que Gladys acreditaria totalmente quando ele dissesse a ela que tratava-se disso.

— Quando quem dissesse a ela? — perguntou o Inspetor Neele.

— Albert Evans — disse Miss Marple. — Claro que esse não é o nome dele *de verdade*. Mas, de qualquer maneira, ele a conheceu no verão passado em um acampamento de férias, paparicou-a e fez amor com ela, e imagino que tenha lhe contado alguma história de injustiça ou perseguição, ou algo parecido. De qualquer forma, a questão era que Rex Fortescue precisava ser obrigado a confessar o que fizera e pagar por isso. Eu não *sei* disso, é claro, Inspetor Neele, mas tenho bastante certeza. Ele a fez conseguir um emprego aqui, e é realmente muito fácil hoje em dia, com a falta de funcionários domésticos, conseguir um emprego onde quiser. As equipes estão mudando o tempo todo. Eles então combinaram uma data. Você se lembra daquele último cartão-postal, onde ele disse: "Lembre-se do nosso combinado." Aquele seria o grande dia para o qual eles vinham trabalhando. Gladys colocaria na marmelada o remédio que ele lhe entregou, para que Mr. Fortescue comesse no desjejum, e também colocaria o centeio no bolso. Não sei que história ele contou para justificar o centeio, mas, como lhe falei desde o início, inspetor, Gladys Martin era uma garota *muito* crédula. Na verdade, dificilmente há algo em que ela não fosse acreditar se um jovem bem-apessoado explicasse da maneira certa.

— Continue — pediu o Inspetor Neele com a voz atordoada.

— Provavelmente — continuou Miss Marple — a ideia era que Albert fosse visitá-lo no escritório naquele dia, e que a essa altura a droga da verdade já teria funcionado e Mr. Fortescue confessaria tudo e assim por diante. O senhor pode imaginar como a pobrezinha deve ter se sentido quando soube que Mr. Fortescue estava morto.

— Mas, certamente — objetou o inspetor Neele —, ela teria contado?

Miss Marple perguntou de supetão:

— Qual foi a primeira coisa que ela disse quando o senhor a questionou?

— Ela disse: "Não fui eu" — respondeu o Inspetor Neele.

— Exatamente — falou Miss Marple, triunfante. — Não vê que é exatamente o que ela *diria*? Se ela quebrasse um vaso, sabe, Gladys sempre dizia: "Não fui eu, Miss Marple. Não consigo imaginar *como* isso aconteceu." Elas não conseguem evitar, coitadinhas. Ficam muito chateadas com o que fizeram e sua grande ideia é evitar a culpa. O senhor não acha que uma jovem nervosa que assassinou alguém sem intenção vai admitir, não é? Isso teria sido *muito* estranho.

— Sim — disse Neele. — Suponho que sim.

Ele repassou sua entrevista com Gladys. Nervosa, chateada, culpada, evasiva, todas essas coisas. Tais sinais podem ter um significado pequeno ou grande. Ele não podia realmente se culpar por não ter chegado à conclusão certa.

— Seu primeiro impulso, como falei — continuou Miss Marple — seria negar tudo. Então, de uma forma confusa, ela tentaria resolver tudo em sua mente. Talvez Albert não soubesse que a substância era tão forte, ou cometeu um erro e lhe deu uma quantidade muito grande. Ela pensaria em desculpas e explicações para ele. Torceria para que ele entrasse em contato com ela, o que, é claro, ele fez. Pelo telefone.

— A senhora sabe disso? — perguntou Neele bruscamente.

Miss Marple balançou a cabeça.

— Não. Admito que estou presumindo. Mas houve ligações inexplicáveis naquele dia. Quer dizer, alguém ligava e, quando Crump ou Mrs. Crump atendiam, desligava. Seria isso o que ele faria, sabe? Ligar e esperar até que Gladys atendesse o telefone, e então marcar um encontro com ela.

— Entendo — disse Neele. — A senhora quer dizer que ela tinha um encontro marcado com ele no dia em que morreu.

Miss Marple assentiu vigorosamente.

— Sim, é o que parece. Mrs. Crump estava certa sobre uma coisa. A garota estava com suas melhores meias de náilon e seus sapatos bons. Iria encontrar alguém. Só que ela não *sairia* para encontrá-lo. Ele é que estava vindo para o Chalé dos Teixos. É por isso que ela estava alerta naquele dia e agitada e atrasada com o chá. Então, quando levou a segunda bandeja para o corredor, acho que olhou pelo corredor para a porta lateral e o viu ali, acenando para ela. Ela largou a bandeja e saiu para encontrá-lo.

— Então ele a estrangulou — disse Neele.

Miss Marple apertou os lábios.

— Levaria apenas um minuto — falou ela —, mas ele não podia correr o risco de deixar que ela falasse. Ela tinha que morrer, pobre menina tola e crédula. Então... ele colocou um prendedor de roupa no nariz dela! — Uma raiva severa vibrou na voz da senhora. — Para fazer com que se encaixasse na rima. O centeio, os pássaros, o tesouro, o pão e o mel e o prendedor de roupa, o mais próximo que ele conseguiu chegar de um passarinho que beliscasse seu nariz...

— E suponho que no final de tudo ele irá para Broadmoor e não poderemos enforcá-lo porque ele é louco! — exclamou Neele lentamente.

— Acho que você vai poder enforcá-lo, sim — disse Miss Marple. — E ele não é louco, inspetor, nem um pouco!

O Inspetor Neele olhou fixamente para ela.

— Muito bem, Miss Marple, a senhora esboçou uma teoria para mim. Sim, sim, embora diga que *sabe*, é apenas uma *teoria*. A senhora afirma que um homem é o responsável por esses crimes, que se autodenominava Albert Evans, que conquistou Gladys em um acampamento de férias e usou-a para seus próprios fins. Esse Albert Evans era alguém que queria vingança pelo antigo negócio da Mina dos Pássaros. A senhora está sugerindo, não está, que o filho de Mrs. MacKenzie, Don MacKenzie, não morreu em Dunquerque? Que ele ainda está vivo, por trás de tudo isso?

Mas, para surpresa do Inspetor Neele, Miss Marple estava balançando a cabeça com vigor.

— Ah, não! — disse ela. — Ah, *não*! Eu não estou sugerindo isso *de forma alguma*. O senhor não vê, Inspetor Neele? Todo esse negócio de pássaro é realmente uma *farsa* completa. Foi *usado*, apenas isso, usado por alguém que ouviu falar dos pássaros... os da biblioteca e os da torta. Os pássaros eram genuínos o bastante. Eles foram colocados lá por alguém que sabia sobre o acontecido na Mina e queria vingança. Mas apenas a vingança de tentar assustar Mr. Fortescue ou de deixá-lo desconfortável. Sabe, Inspetor Neele, eu não acredito que crianças possam realmente ser educadas e ensinadas a esperar, remoer e buscar vingança. Afinal, crianças têm muito bom senso. Mas qualquer pessoa cujo pai tenha sido enganado e talvez deixado para morrer pode estar disposto a pregar uma peça maliciosa no suposto culpado. Foi o que aconteceu, eu acho. E o assassino usou isso a seu favor.

— O assassino — repetiu o Inspetor Neele. — Vamos lá, Miss Marple, conte-me suas ideias sobre o assassino. Quem ele é?

— O senhor não ficará surpreso — afirmou Miss Marple. — Não de verdade. Porque verá, assim que eu lhe disser quem ele é, ou melhor, quem eu penso que ele é, pois devemos ser precisos, não é? O senhor verá que ele é exatamente o tipo de pessoa que cometeria esses assassinatos. Ele é são, brilhante e bastante inescrupuloso. E fez isso, é claro, por dinheiro, provavelmente por uma boa quantia.

— Percival Fortescue? — O Inspetor Neele estava quase implorando, mas sabia enquanto falava que estava errado. A imagem do homem que Miss Marple construíra para ele não se parecia em nada com Percival Fortescue.

— Ah, não — disse Miss Marple. — Percival, não. É Lance.

Capítulo 27

— Impossível — disse o Inspetor Neele.

Ele se recostou na cadeira e observou Miss Marple com um olhar fascinado. Quando Miss Marple falou o nome, ele não se surpreendeu. Suas palavras eram uma negação, não de probabilidade, mas de possibilidade. Lance Fortescue se encaixava na descrição: Miss Marple o descrevera muito bem. Mas o Inspetor Neele simplesmente não conseguia ver como Lance poderia ser a resposta.

Miss Marple se inclinou para a frente em sua cadeira e, de maneira delicada e persuasiva, e um tanto parecida com alguém que explica simples fatos da aritmética para uma criança pequena, esboçou sua teoria.

— Ele sempre foi assim, sabe? Quer dizer, sempre foi *mau*. *Mau* dos pés à cabeça, embora ao mesmo tempo também sempre tenha sido *atraente*. Especialmente para as *mulheres*. Ele tem uma mente brilhante e gosta de correr riscos. Ele sempre correu riscos e, por causa de seu charme, as pessoas sempre acreditaram no melhor e não no pior sobre ele. Voltou para casa no verão a fim de visitar o pai. Não acredito por um momento que o pai tenha escrito para ele ou mandado chamá-lo, a menos, é claro, que o senhor tenha evidências reais disso.

Ela fez uma pausa interrogativa. Neele balançou a cabeça.

— Não — respondeu ele. — Não tenho nenhuma evidência de que o pai tenha mandado chamá-lo. Encontrei uma carta que Lance supostamente escreveu para o pai depois de sua visita. Mas ele pode facilmente a ter colocado entre os papéis de seu pai no dia em que chegou.

— Muito esperto da parte dele — disse Miss Marple, assentindo. — Bem, como falei, ele provavelmente voou até aqui e tentou uma reconciliação com seu pai, mas Mr. Fortescue não aceitou. Veja só, Lance se casara recentemente, e a pequena ninharia com a qual vivia, e que sem dúvida vinha suplementando de várias maneiras desonestas, não era mais suficiente para ele. Ele estava muito apaixonado por Pat (que é uma menina querida e doce) e queria uma vida respeitável e estável com ela, sem falcatrua. E isso, do ponto de vista dele, significava ter muito dinheiro. Quando esteve no Chalé dos Teixos, deve ter ouvido falar dos pássaros. Talvez seu pai os tenha mencionado. Talvez Adele. Ele concluiu que a filha de MacKenzie estava estabelecida na casa e ocorreu-lhe que ela seria um ótimo bode expiatório para assassinato. Porque, veja bem, quando ele percebeu que não poderia convencer seu pai a fazer o que ele queria, deve ter decidido a sangue-frio que a solução seria assassinato. Ele pode ter percebido que seu pai não estava, hã, muito bem, e deve ter ficado com medo de que, até seu pai morrer, a empresa falisse por completo.

— Ele sabia muito bem sobre a saúde do pai — afirmou o inspetor.

— Ah, isso explica muita coisa. Talvez a coincidência do nome de seu pai ser *Rex*, junto com o incidente dos passarinhos, tenha lhe dado a ideia da canção de ninar. Transformar a coisa toda em uma loucura e a vincular à velha ameaça de vingança dos MacKenzie. Então, veja só, ele poderia se livrar de Adele também, e daquelas 100 mil libras que sairiam da empresa. Mas precisaria haver um terceiro personagem, a "empregada no jardim pendurando as roupas", e suponho que tenha sido isso que sugeriu todo o plano perverso para ele. Uma cúmplice inocente que ele poderia silenciar antes que ela conseguisse falar. E isso lhe daria o que desejava, um álibi genuíno para o primeiro assassinato. O resto foi fácil. Ele chegou aqui vindo da estação pouco antes das 17 horas, quando Gladys levou a segunda bandeja para o corredor. Andou até a porta lateral, avistou-a e acenou para ela. Estrangulá-la e carregar seu corpo ao redor da casa até onde ficavam os varais levaria apenas três ou quatro minutos. Então ele tocou a campainha da porta da frente, foi recebido em casa e juntou-se à família para o chá. Depois do chá, subiu para ver Miss Ramsbottom. Quando desceu, entrou na sala de estar, encontrou Adele sozinha bebendo uma última xícara, sentou-se ao lado dela no sofá e, enquanto ele falava com ela, conseguiu colocar o cianureto em sua bebida. Não seria difícil, sabe? Um pequeno pedaço de coisa branca, como açúcar. Ele poderia ter estendido a mão para o açucareiro, pegado um bloco e aparentemente deixado cair na xícara dela. Ele teria rido e anunciado: "Veja só, derrubei mais açúcar no seu chá." Ela diria que não se importava, mexeria e beberia. Seria tão fácil e audacioso assim. Sim, ele é um sujeito audacioso.

O Inspetor Neele respondeu lentamente:

— É realmente possível, sim. Mas não consigo ver, realmente, Miss Marple, não consigo ver, o que ele teria a ganhar com isso. Admitindo que, a menos que o velho Fortescue morresse, o negócio logo estaria em ruínas, a parte de Lance é grande o suficiente para levá-lo a planejar três assassinatos? Acho que não. Realmente acho que não.

— Essa parte é *mesmo* um pouco difícil — admitiu Miss Marple. — Sim, eu concordo com você. Isso traz dificuldades. Eu suponho... — Ela hesitou, olhando para o inspetor. — Eu suponho, sou muito ignorante em questões financeiras, mas suponho que seja realmente verdade que a Mina dos Pássaros *não vale* nada?

Neele refletiu. Vários fragmentos se encaixaram em sua mente. A disposição de Lance para tirar as várias ações especulativas ou sem valor das mãos de Percival. Suas palavras de despedida hoje, em Londres, aconselhando Percival a se livrar da Mina dos Pássaros e de seu vudu. Uma mina de ouro. Uma mina de ouro sem valor. Mas talvez a mina não fosse sem valor. E ainda, de alguma forma, isso parecia improvável. O velho Rex Fortescue dificilmente teria cometido um erro nesse ponto, embora, é claro, pudesse ter havido mais sondagens recentes. Onde ficava a mina? África Ocidental, Lance afirmara. Sim, mas outra pessoa, talvez Miss Ramsbottom, disse que ficava na África *Oriental*. Teria Lance sido deliberadamente enganador ao dizer Oeste em vez de Leste? Miss Ramsbottom era velha e esquecida, mas *ela* poderia estar certa, e não Lance. África Oriental. Lance tinha acabado de chegar da África Oriental. Será que tinha alguma nova informação sobre a Mina?

De repente, com um clique, outra peça se encaixou no quebra-cabeça do inspetor. Sentado no trem, lendo o *The Times*. Depósitos de urânio encontrados em Tanganica. E se os depósitos de urânio estivessem no local da antiga Mina dos Pássaros? Isso explicaria tudo. Lance descobrira isso por estar no local, e com depósitos de urânio ali, havia uma fortuna a ser conquistada. Uma fortuna enorme! Ele suspirou. Olhou para Miss Marple.

— Como acha — perguntou em tom de censura — que algum dia serei capaz de provar tudo isso?

Miss Marple assentiu de modo encorajador, como uma tia faria com um sobrinho inteligente a caminho de uma prova para uma bolsa de estudos.

— O senhor vai provar — declarou ela. — É um homem muito, *muito* inteligente, Inspetor Neele. Percebi isso desde o início. Agora que sabe quem foi, deve conseguir as evidências. Nesse acampamento de férias, por exemplo, alguém vai reconhecer sua fotografia. Ele achará difícil explicar por que ficou lá por uma semana sob o nome de Albert Evans.

Sim, pensou o Inspetor Neele, Lance Fortescue era brilhante e inescrupuloso... mas também imprudente. Os riscos que ele correu foram um pouco grandes demais.

Neele pensou consigo mesmo: "Eu vou pegá-lo!" Então, dominado pela dúvida, olhou para Miss Marple.

— É tudo pura suposição, sabe — disse ele.
— Sim, mas o senhor tem certeza, não tem?
— Acredito que sim. Afinal, já conheci esse tipo antes.
A senhora assentiu.
— Sim, isso importa muito, é de fato por isso que *eu* tenho certeza.
Neele lhe lançou um olhar brincalhão.
— Por causa do seu conhecimento sobre criminosos.
— Ah, não, claro que não. Por causa de Pat, uma garota querida, e do tipo que sempre se casa com quem não presta. Foi isso que realmente chamou minha atenção para ele no início...
— Eu tenho quase certeza, em minha própria mente — disse o inspetor —, mas há muita coisa que precisa de explicação... A questão de Ruby MacKenzie, por exemplo. Eu poderia jurar que...
Miss Marple o interrompeu:
— E o senhor está coberto de razão. Mas pensou na pessoa errada. Vá falar com Mrs. Percy.

— Mrs. Fortescue — disse o Inspetor Neele —, se importaria de me dizer qual era seu nome antes de se casar?
— Ah! — arquejou Jennifer. Ela parecia assustada.
— Não precisa ficar nervosa, senhora — avisou o Inspetor Neele —, mas é muito melhor contar a verdade. Acredito que posso afirmar que seu nome antes de se casar era Ruby MacKenzie?
— Meu... ai, ai, ai, meu Deus... bem, por que não poderia ser? — disse Mrs. Percival Fortescue.
— Nenhuma razão — respondeu o inspetor Neele gentilmente, e acrescentou: — Conversei com sua mãe há alguns dias no Sanatório Pinewood.
— Ela está muito zangada comigo — contou Jennifer. — Eu não posso mais visitá-la porque isso só a perturba. Pobre mamãe, era tão devota ao papai, sabe?

— E ela a educou para ter ideias muito melodramáticas de vingança?

— Sim — confirmou Jennifer. — Ela nos fazia jurar pela Bíblia que nunca esqueceríamos e que um dia o mataríamos. Claro, depois que fui trabalhar no hospital e comecei meu treinamento, percebi que o equilíbrio mental dela não era como deveria.

— No entanto, a senhora mesma deve ter cultivado o sentimento de vingança, não é mesmo, Mrs. Fortescue?

— Bem, é claro que sim. Rex Fortescue praticamente assassinou meu pai! Não quero dizer que ele de fato atirou nele, ou o esfaqueou ou algo parecido. Mas tenho bastante certeza de que *deixou* papai morrer. É a mesma coisa, não é?

— Moralmente... sim, é a mesma coisa.

— Então eu queria, sim, dar o troco — continuou Jennifer. — Quando uma amiga minha veio cuidar de seu filho, eu a convenci a pedir demissão e me indicar para seu lugar. Não sei exatamente o que pretendia fazer... Eu não queria, juro que não queria, inspetor, nunca tive a intenção de *matar* Mr. Fortescue. Eu tinha planos, acho, de cuidar do filho dele tão mal a ponto de ele morrer. Mas, claro, se você *é* enfermeira de profissão, não pode fazer esse tipo de coisa. Na verdade, fiz um excelente trabalho cuidando de Val. Então ele se apaixonou por mim e me pediu em casamento, e eu pensei: "Bem, essa é uma vingança muito mais sensata do que qualquer outra." Quero dizer, se casar com o filho mais velho de Mr. Fortescue e recuperar o dinheiro que ele pegou do meu pai. Acho que foi uma maneira muito mais sensata.

— Sim, de fato — concordou o Inspetor Neele. — Muito mais sensata. — E acrescentou: — Foi a senhora, suponho, que colocou os pássaros na mesa do escritório e na torta?

Mrs. Percival enrubesceu.

— Sim. Acho que foi realmente tolo da minha parte... Mas Mr. Fortescue ficou tagarelando sobre otários um dia e se gabando de como passava a perna nas pessoas e levava a melhor em cima delas. Ah, sempre *dentro da lei*. E pensei que eu gostaria apenas de lhe dar... bem, uma espécie de susto. E ele se assustou *mesmo*! Ficou terrivelmente perturbado.

— Ela acrescentou, ansiosa: — Mas eu não fiz mais nada! De verdade, inspetor. O senhor não... o senhor honestamente não acha que eu *assassinaria* alguém, acha?

Neele sorriu.

— Não — disse ele. — Não acho. A propósito, a senhora deu algum dinheiro à Miss Dove ultimamente?

O queixo de Jennifer caiu.

— Como sabia?

— Nós sabemos muitas coisas — explicou o Inspetor Neele, acrescentando para si mesmo: "E supomos muitas outras também."

Jennifer continuou, falando depressa:

— Ela veio até mim e disse que o senhor a acusou de ser Ruby MacKenzie. Disse que, se eu lhe pagasse quinhentas libras, ela deixaria que continuasse pensando assim. Disse que se o senhor soubesse que eu era Ruby MacKenzie, eu seria suspeita de assassinar Mr. Fortescue e sua esposa. Tive um trabalho terrível para conseguir o dinheiro, porque é claro que não pude contar a Percival. Ele não sabe sobre mim. Precisei vender meu anel de noivado de diamante e um colar muito bonito que Mr. Fortescue me deu.

— Não se preocupe, Mrs. Percival — disse o Inspetor Neele. — Acho que podemos recuperar o seu dinheiro para você.

Foi no dia seguinte que o inspetor Neele teve outra conversa com Miss Mary Dove.

— Eu estava me perguntando, Miss Dove — disse ele —, se a senhorita me daria um cheque de quinhentas libras no nome de Mrs. Percival Fortescue.

Ele teve o prazer de ver Mary Dove perder a compostura pela primeira vez.

— Aquela idiota te contou, imagino — respondeu ela.

— Sim. Chantagem, Miss Dove, é uma acusação bastante séria.

— Não foi exatamente chantagem, inspetor. Acho que perceberá ser difícil manter um caso de chantagem contra mim. Eu estava apenas prestando um serviço especial à Mrs. Percival.

— Bem, se a senhorita me der aquele cheque, Miss Dove, deixaremos assim.

Mary Dove pegou seu talão de cheques e sua caneta-tinteiro.

— É muito irritante — comentou ela com um suspiro. — Estou particularmente precisando no momento.

— Começará a procurar outro emprego em breve, suponho?

— Sim. Este não saiu bem de acordo com o planejado. Foi tudo muito lamentável do meu ponto de vista.

O Inspetor Neele concordou.

— Sim, isso a colocou em uma posição bastante difícil, não foi? Quero dizer, era bem provável que a qualquer momento nós precisássemos examinar seus antecedentes criminais.

Mary Dove, tranquila mais uma vez, permitiu que suas sobrancelhas se erguessem.

— Honestamente, inspetor, posse lhe garantir que meu passado é bastante irrepreensível.

— Sim, é mesmo — concordou o inspetor Neele com animação. — Não temos nada contra você, Miss Dove. É uma curiosa coincidência, no entanto, que nos últimos três lugares onde a senhorita trabalhou de forma tão admirável, tenha acontecido roubos cerca de três meses depois de sua saída. Os ladrões pareciam notavelmente informados sobre onde os casacos de pele, as joias etc. estavam guardados. Curiosa coincidência, não acha?

— Coincidências acontecem, inspetor.

— Ah, sim — disse Neele. — Acontecem. Mas não devem acontecer com muita frequência, Miss Dove. Ouso dizer — acrescentou — que nos encontraremos novamente no futuro.

— Não quero ser rude, Inspetor Neele — disse Mary Dove —, mas espero que não.

Capítulo 28

Miss Marple alisou a parte de cima da mala, enfiou a ponta do xale de lã para dentro e fechou a tampa. Olhou ao redor de seu quarto. Não, ela não se esquecera de nada. Crump entrou para buscar sua bagagem. Ela seguiu para a sala ao lado a fim de se despedir de Miss Ramsbottom.

— Lamento — disse Miss Marple — não ter lhe retribuído muito bem por sua hospitalidade. Espero que seja capaz de me perdoar algum dia.

— Hah — disse Miss Ramsbottom.

Ela estava, como sempre, jogando paciência.

— Valete preto, rainha vermelha — observou ela, então lançou um olhar astuto e de esguelha para Miss Marple. — Você descobriu o que queria, suponho.

— Sim.

— E suponho que tenha contado tudo ao inspetor de polícia? Ele será capaz de montar um caso?

— Tenho quase certeza de que sim — afirmou Miss Marple. — Pode demorar um pouco.

— Não lhe farei perguntas — disse Miss Ramsbottom. — Você é uma mulher astuta. Soube disso assim que a vi. Não a culpo pelo que fez. Maldade é maldade, e precisa ser punida. Há uma tendência à maldade nesta família. Não veio do nosso lado, fico feliz em dizer. Elvira, minha irmã, era uma tola. Nada pior do que isso.

"Valete preto — repetiu Miss Ramsbottom, tocando na carta. — Bonito, mas um coração negro. Sim, eu temia isso. Ah, bem, nem sempre conseguimos deixar de amar um pecador. O menino sempre teve um jeitinho. Enrolou até a mim... Mentiu sobre o motivo de ter me deixado naquele dia. Eu não o contradisse, mas me perguntei... Vinha me perguntando desde então. Mas ele era filho de Elvira... não consegui me obrigar a dizer nada. Bem, você é uma mulher justa, Jane Marple, e a justiça deve prevalecer. Sinto muito pela esposa dele, no entanto.

— Eu também — disse Miss Marple.

No corredor, Pat Fortescue esperava para se despedir.

— Gostaria que a senhora não fosse embora — falou ela.

— Sentirei sua falta.

— É minha hora de partir — disse Miss Marple. — Já terminei o que vim fazer aqui. Não foi... totalmente agradável. Mas é importante, sabe, que a maldade não triunfe.

Pat pareceu confusa.

— Não entendo.

— Não, minha querida. Mas talvez algum dia entenda. Se me permite arriscar em um conselho, se alguma coisa um dia... der errado em sua vida... acho que a melhor coisa que você poderia fazer é voltar para onde era feliz quando criança. Volte para a Irlanda, minha querida. Cavalos e cachorros. Tudo isso.

Pat assentiu.

— Às vezes eu gostaria de ter feito exatamente isso quando Freddy morreu, mas assim — sua voz mudou e suavizou — nunca teria conhecido Lance.

Miss Marple suspirou.

— Não vamos ficar aqui, sabe — concluiu Pat. — Vamos voltar para a África Oriental assim que tudo estiver esclarecido. Estou tão feliz.

— Deus a abençoe, querida criança — disse Miss Marple. — É preciso muita coragem para encarar a vida. Eu acho que você tem.

Ela deu um tapinha na mão da garota, então soltou-a e passou pela porta da frente em direção ao táxi que esperava.

* * *

Miss Marple chegou em casa tarde naquela noite.

Kitty, a mais recente graduada do Lar de Santa Fé, recebeu-a e cumprimentou-a com uma expressão radiante.

— Tenho arenque para o seu jantar, senhora. Estou tão feliz em vê-la de volta... A senhora encontrará a casa em ótimo estado. Fiz uma limpeza regular de primavera.

— Muito bom, Kitty. Estou feliz por estar em casa.

Seis teias de aranha na cornija, observou Miss Marple. Essas meninas nunca olham para cima! No entanto, ela foi gentil demais para dizer isso.

— Suas cartas estão no aparador, senhora. E há uma que foi para Daisymead por engano. Sempre fazem isso, não é? Mas é mesmo um pouco parecido, Dane e Daisy, e a caligrafia é tão ruim que dessa vez nem foi de se estranhar. Eles estiveram fora e a casa ficou fechada, só voltaram e mandaram hoje. Disseram esperar que não fosse importante.

Miss Marple pegou sua correspondência. A carta a que Kitty se referira estava em cima das outras. Um leve acorde de lembrança agitou-se na mente de Miss Marple ao ver a caligrafia borrada e rabiscada. Ela a abriu.

Querida senhora,

Espero que me perdoe por escrever isto, mas eu realmente não sei o que fazer, de fato não sei e nunca tive a intenção de fazer mal. A senhora deve ter visto nos jornais, foi assassinato que eles dizem, mas não fui eu que fiz isso, não de verdade, porque eu nunca faria algo perverso assim e sei que ele também não faria. Albert, quero dizer. Estou contando mal, mas veja que nos conhecemos no verão passado e íamos nos casar, mas Bert não tinha seus direitos, ele foi expulso, enganado por esse Mr. Fortescue que está morto. E Mr. Fortescue simplesmente negou tudo e é claro que todos acreditaram nele e não em Bert porque ele era rico e Bert era pobre. Mas Bert tinha um amigo que trabalha em um lugar onde eles fazem essas novas drogas e há

o que eles chamam de droga da verdade, a senhora talvez tenha lido sobre isso no jornal, e faz as pessoas contarem a verdade queiram ou não. Bert iria ver o Mr. Fortescue em seu escritório no dia 5 de novembro e levaria um advogado com ele e eu deveria me certificar de dar a droga para ele no café da manhã e então funcionaria perfeitamente para quando eles chegassem e ele admitiria que tudo o que Bert disse era verdade. Bem, senhora, eu coloquei na marmelada, mas agora ele está morto e acho que a dose deve ter sido forte demais, mas não foi culpa do Bert porque Bert nunca faria uma coisa dessas, mas eu não posso contar para a polícia porque talvez pensem que ele fez de propósito, o que eu sei que não é verdade. Ah, cara senhora, eu não sei o que fazer ou o que dizer, e a polícia está aqui na casa e é horrível e eles te fazem perguntas e te olham de maneira tão severa e eu não sei o que fazer e eu não tive mais notícias de Bert. Ah, senhora, não gosto de pedir isso, mas se ao menos pudesse vir aqui e me ajudar, eles a ouviriam e a senhora sempre foi tão gentil comigo, e eu não quis fazer nada de errado e Bert também não. Se a senhora pudesse nos ajudar... Com os melhores cumprimentos, Gladys Martin.
P. S.: estou anexando uma foto de Bert e eu. Um dos meninos tirou no acampamento e me deu. Bert não sabe, ele odeia ser fotografado. Mas assim a senhora pode ver como ele é um bom rapaz.

Miss Marple, com os lábios franzidos, olhou para a fotografia. As duas pessoas da foto se entreolhavam. Os olhos de Miss Marple foram do rosto patético e adorador de Gladys, com a boca ligeiramente aberta, para o outro rosto; o rosto moreno, bonito e sorridente de Lance Fortescue.

As últimas palavras daquela carta patética ecoaram em sua mente:

Assim a senhora pode ver como ele é um bom rapaz.

Uma lágrima brotou dos olhos de Miss Marple. Após a piedade, veio a raiva; raiva de um assassino sem coração.

Então, deslocando essas duas emoções, veio uma onda de triunfo — o triunfo que um especialista poderia sentir ao reconstruir com sucesso um animal extinto a partir de um fragmento de mandíbula e dois dentes.

Notas sobre Uma porção de centeio

Este é o quinquagésimo quarto livro policial de Agatha Christie e o sexto a estrelar Miss Marple. Foi publicado pela primeira vez na Inglaterra em 1953. Assim como alguns outros livros da autora, o título original, *A Pocket Full of Rye*, faz menção a uma canção infantil popular inglesa, no caso, a música "Sing a Song of Sixpence", presente na página 109 deste livro.

Na página 10, quando Mr. Fortescue passa mal, suas funcionárias cogitam entrar em contato com um hospital, e Miss Somers cita o Serviço Nacional de Saúde, o sistema público de saúde do Reino Unido criado em 1946, após a Segunda Guerra Mundial, e que está em funcionamento até hoje. O atendimento à população, inclusive emergencial, é dividido por áreas gerenciadas por grupos clínicos comissionados.

Para apresentar a esposa aristocrata de Mr. Lancelot, Miss Griffith cita a revista *Tatler* na página 20. Publicada pela primeira vez em 1709 e em atividade até hoje, a revista deu origem ao estilo jornalístico que retrata costumes, moda e estilo de vida da alta sociedade.

Na página 29, o Inspetor Neele, relembra a casa onde morou na infância e que posteriormente foi assumida pelo Fundo Nacional para Locais de Interesse Histórico ou Beleza Natural, ou National Trust, organização filantrópica de conservação da Inglaterra, que, em prol do patrimônio histórico, assume o controle das grandes mansões e propriedades da aristocracia rural, quando os proprietários não têm mais condições de mantê-las.

Na página 37, há uma referência à peça cômica *The Admirable Crichton* (1902), de J.M. Barrie, sobre um mordomo tão eficiente que assume o comando da família que o emprega quando todos ficam ilhados após um naufrágio.

A programação da Rádio 3 da BBC, mencionada por Hay na página 69, é voltada para música clássica, jazz, ópera, teatro e poesia, sendo uma importante difusora de cultura erudita no pós-guerra.

Na página 77, Mr. Dubois compara sua situação atual ao caso célebre e controverso dos anos 1920, quando o amante de Edith Thompson, o marinheiro Frederick Bywater, assassinou o marido desta, Percy Thompson, na saída de um teatro, em 1922. Mais de sessenta cartas entre os amantes — nas quais Edith admitia já ter colocado cacos de vidro e veneno na comida do marido — foram usadas como prova da participação de Edith no crime, que ambos negaram até o fim. Edith e Frederick foram condenados à morte e enforcados em janeiro de 1923.

Na página 78, Mr. Dubois, ressentido, insinua que a escrivaninha de Adele é uma réplica barata do estilo de Luís XIV, rei que instaurou na França um novo paradigma de luxo e riqueza na arte, arquitetura e decoração, refletindo a prosperidade de seu reinado. Seu gosto por móveis com adornos em prata e ouro influenciou toda a Europa, gerando a popularização da madeira entalhada, como forma econômica de reproduzir a estética.

Na página 89, Miss Ramsbottom sugere que a esposa de Percival, por ser enfermeira, teria habilidade de lidar com drogas. Essa pode ser considerada uma referência à vida da própria Agatha Christie, que trabalhou como enfermeira voluntária durante a Primeira Guerra Mundial. Na ocasião, ela foi selecionada como assistente de boticário e aprendeu sobre diversas toxinas e dosagens. Não à toa, envenenamento é a causa de morte de mais de trinta dos seus personagens.

Na página 166, Miss Maple cita o Dia da Lembrança, data em que países que pertenceram ao Império Britânico prestam homenagens aos mortos em combate na Primeira Guerra Mundial. Em inglês, é informalmente chamado de *Poppy Day*, em referência às papoulas que floresciam em territórios totalmente destruídos pela guerra; a flor se tornou símbolo de resiliência e esperança. A data é comemorada dia 11 de novembro, assim como o Dia do Armistício, embora sejam celebrações distintas: a primeira é uma manifestação individual da população e por vezes tem caráter beneficente, enquanto a segunda é uma celebração oficial que envolve a Família Real e autoridades britânicas.

Na página 179, Lance conta que o livro preferido de sua mãe era *Os idílios do rei*, de Tennyson. A obra consiste em doze poemas sobre a lenda do Rei Arthur e foi publicada em 1859.

Este livro foi impresso pela Gráfica Santa Marta,
em 2024, para a HarperCollins Brasil.
A fonte usada no miolo é Cheltenham, corpo 9,5/13,5pt.
O papel do miolo é pólen bold 70g/m²,
e o da capa é couché 150g/m² e offset 150g/m².